JN096188

詩集

日本語音声楽

nihongo onseigaku

藤田榮史郎

fujita eishiro

幻戯書房

目次

装丁　佐藤絵依子

日本語音声楽《にほんごおんせいがく》

お土産

お土産［オミヤゲ］の［ヤ］の母音は
［ア］
柿［カキ］の［カ］の母音も
［ア］
のはずだが
異国人にとっては異なる音声らしい
どんなふうに違うの？
猫をばっさり

切っちまうくらいなのさ
お土産の［ア］は
cat［kæt］［キャット］の［æ］に
柿の［ア］は
cut［kʌt］［カット］の［ʌ］にこよなく近い

一時帰国した
「帰国ではなく出張です」
アメリカ人教授が手渡してくれたお土産は
白い固形物
薔薇
蝸牛
ハート型
形ばかりかシールまでもが愛くるしい
ホワイトチョコレート

シールを剝がすと
（食い意地の即断むなしく）
いかにもアメリカ的ロマンの濃厚な香りが
ミニ石鹸だった

世界一の美女と言ったら
今どき誰になるのかな
日本人でも外人でもいいんだけど
外人は差別用語だよ
おっと失言
父さんの世代の世界一は
Audrey Hepburn
オードリー・ヘップバンだったんだ
観たよ
「ローマの休日」

あんなにきれいな人なのに
ヘップバン
お尻爆発みたいな変な名前だね
ヘップとバンは切り離さないほうがよい

「フジタ」とローマ字で書くときは
Huzita じゃなく
Fujita
ヘボン式にしなさいって国語の先生が
Huzita では
「ヒュズィタ」だって
ヘボン式は日本語音声に忠実なローマ字表記
幕末に来日した
アメリカ人宣教師
James Curtis Hepburn が整えた

ヘップバン？
ヘボンさんではなかったの

「ヘ」を思いっきり強く
「プ」は閉じた唇から息を吐くだけ
「バン」をそっと添えるように

ヘ
Pバン

と発音してごらん
時代はまだ江戸時代
耳慣れない音声に七転八倒した丁髷《ちょんまげ》は
「ヘボン」と墨書した和紙を恐る恐る差し出す
宣教師は苦笑したんじゃないのかな
でも Good と言ったんだきっと

お神輿を担ぐときは
法被姿が伝統であり由緒というもの
法被が happy と駄洒落《シンクロ》し
祝祭の昂奮が
さらに神聖な高みへと
「ハッピ」は
英語の happy として通用しますか

残念ながら、ＮＯです
出張の度に思いがけない発見が増えていく
妻が
日本人だからかも知れません

お土産をもらった

山河

Burn Mulvey
福井大学教育地域科学部助教授は
独学で日本語を習得
発音に最も苦労した単語は
「アラレモチ」とか
ラ行を
*l*ではなくrで追いかけていた
名刺に

Burn《バーン》 Mulvey《モルヴィー》 と振り仮名したのは
自らの名前を
より正確に伝えたいと願ったからだ

Burn Mulvey と申しますが——
留守番電話の名告を
川面に放送する
さて、この人の名前は?
浅瀬が泡立ち
稚鮎たちが身を捩じらせて跳ね
バンマジ
ブンモッビ
分度器
ババンババンバン
楽しそうであり

痛々しい光景でもあり
聴覚は保守頑迷
既知の音声しか聞き取れない

「かっとに行って来ねの
父ちゃん母ちゃんには内緒やざ」
かっととは活動写真
映画のこと
孫を溺愛する祖母《おばば》は非常識なほどの多額を
半ズボンのポケット奥深くねじ込む
「そこはチンポコ！」
勢い余ったのか
未来ロケットに触れて
納得していたのか
米寿を言祝いでほどなく

目覚めなき眠りへと
天界と地上の回路は無きにしも非ず
ぺちゃんこしわしわの垂れ乳は忘れ難い
評判の村美人は
白い乳房をあいよっと翻し
負ぶった赤子に授乳していたとか
青春期の午後の補習授業
居眠りする耳朶を
たらちねの
枕詞がかすめる

巨乳コンテストなるものが
それも国際大会が（海外ニュースこぼれ話）
野郎がよだれしようものなら
即刻昇天お約束

高級メロンを誇らかに
アマゾネスたちが笑顔を振りまく
栄光の陰にはしかし
深刻な事情も
果実の重さゆえ
背筋を伸ばして歩く姿勢が崩れがち
類人猿に退行しないためは
日々のトレーニングが欠かせないのです
にやけた髭面がマイクを握り
報道を濃密にしている
（乳房は文化だ）
垂乳根が金メダルを獲得するのは
数世紀未来だろう

モルヴィーの

ヴィーはどう読めばいいのですか
訊ねる学生があとを絶たない
モルビーにしておけばよかった（愚痴）
ある日本人の助言を得て
ヴィーにしたと
初対面の教授は語っている
ある日本人とはやはり奥様だった
妻と言えばよいものをわざわざ
照れていたのですか
照れるとは恥ずかしいと感じることですよね
ならば違う
日本語の婉曲表現に
敬意を払ったつもりでした
「わたしの家族です」
財布から取り出した写真には

純正大和撫子とふかふかの赤ちゃんが
日本永住は
一世一代の選択肢
決断の発条を探している

非アメリカ的ですが
妻の実家で
ご両親と同居生活をしています
日本建築では柱が
つまり構造材が
むき出しのまま内装の主役になっていて
壁は脇役
驚き、いや何と言えばよいのか
世界的に見てもユニークです
和室で寝起きをしていると

壁が和歌を映し出すスクリーンに
「見渡せば花も紅葉もなかりけり……」
浜を散策しながら？
苫屋の窓を開け放って？
娘の
おむつを
取り替えていた休日だった
そんなことは大の男がする仕事ではない——
（いかなる不都合があるのだろう）
聚楽壁は質実剛健の伝統美
だがプライバシーに関してはまるで無頓着
壁が壁でなくてば
スクリーン機能第一では
わたしたちは
いつまでも

わたしたちになれない
教授一家は引っ越して行った
ライ麦畑が一直線に天空と重なる地平へと

「米欧回覧実記」は
明治史の外典であり
当て字の図書館でもあり
蘇格蘭《スコットランド》、白耳義《ベルギュム》——（国名）
伯林《ベルリン》、莫斯科《モスコー》——（都府名）
按摩尼《アンモニヤ》、曹達《ソーダ》——（物名）
「此等ノ支那訳ヲ混シ用フルハ……」
表記について
例言は明解な指針を示している
ちなみにロッキー山脈は
落機山

渡航手段が
船舶でなく航空機であったとしても
この不吉な字面を随行書記は
採用した？
しなかった？

Troussier　取る試合
Zico　自己
Osim　大和のエトスそのもの
Zaccheroni　雑家浪人
Halilhodzic　張りる帆実地
外来と在来の野草が混然と一体化し
土手を固めている

ンの諸相

日本語で唯一の独立子音［ン］
［ン］は［ン］だと
抹茶キャンディを舐めていたが
対面［タイメン］［ɴ］
恋愛［レンアイ］［Ṽ］
鑑定［カンテイ］［n］
般若［ハンニャ］［ɲ］
人格［ジンカク］［ŋ］

乱暴［ランボウ］［m］
少なくとも
六種の音質に分類される（とのこと）

1、語末の［ン］［ɴ］
対面、うどん、議論、など

舌先は
口腔のどこにも接触することなく
銀河のせせらぎに
共振する［ɴ］
大和の［ン］の元始はこれだと独断した
この［ɴ］を
保有する民族はごくわずか
北太平洋の彼方の雪と氷の大地で
アメリカ先住民が

銀河の鈴を奏でている
（顔貌がそこはかとなく我らと）
ベーリング海峡経由
十万年の遥か人類黎明期漸進の旅路の
置き土産だろうか

2、母音、ヤ行、ワ行の前の［ン］［Ṽ］
恋愛、本屋、神話、など

［Ṽ］にとって
母音との野合はもってのほか
［ɴ］の直系としての沽券に関わる
［Ṽa］＝［ンア］
［na］［ナ］には非ず
［Ṽya］＝［ンヤ］
［nya］［ニャ］には非ず

それゆえ
renai
とキーボードに打ち込んでも表示は
「レナイ」
恋愛は成就せず
honya
「ホニャ」
本屋は経営破綻に
ところがshinwaは「シンワ」
即座に神話が現出する
日本語の［w］は
子音に徹しているのだが調音の実態は
［v］と同じく半子音
すなわち半母音
母音を感知して［ン］は［Ṽ］に

銀河の流儀を貫く

3、タ行、ダ行、ナ行、ラ行の前の［ン］［n］
鑑定、感動、順応、信頼、など

質素を銘とした亡母に
とんでもない贅沢がひとつだけ
三途の河原を二度も観光した過去がある
出産とは
合意でも妥協でもなく
未来の重力を
子宮で育む永久運動です
明日の天気を占って
蹴ってみてごらん
わたしが嫁入りに持参した花下駄を
天寿娑婆しゃば

流れ去る水の調べに
干乾びた女陰がほぐれる
舌先と上顎の交接なくしては
この地上に
タ・ダ・ナ・ラ行は存在し得ない
［ɴ］の系譜に
［n］が誕生する

4、ニャ、ニュ、ニョ、の前の［ン］［ɲ］
般若、進入、天女、など
［アスタマニャーナ］
「あしたで間に合うさ」
別れの挨拶を駄洒落に仕込み
イベリア半島を漂流した一夏がある
Hasta mañana. の

nã［ɲa］と
日本語の拗音ニャ［nja］は
厳密には別物なり
屈強な審判がイエローカードを
気にしないで
彼は夫婦喧嘩で疲れているわ
割って入ったのはフラメンコダンサーだった
半島の炎歌
列島の演歌
隔たること一万キロ
衣装も化粧も別様ではあっても
裸形は
どちらも紡錘形
糸車に繋がっている
ニャー

帰国するなり物陰から野良が駆けてきた
留守してゴメン

5、カ行、ガ行の前の［ン］［ŋ］
人格、心外、など

Thank you.［サンキュー］を
［サングキュー］と
発音する物好きはいないだろう
song は
［ソング］が一般的［ソン］では何かが物足りない
ところが発音記号は
thank［θæŋk］［ン］
song［sɔːŋ］［ング］
等しく［ŋ］とはこれいかに
御茶ノ水博士に教えを乞うた

［グ］と発音する準備をしてみなさい
舌の奥が隆起して上顎にぴたっと張り付く
その閉鎖状態で発音する［ン］が
［ŋ］なのじゃ
オヌシの質問は
song の［ŋ］がなにゆえ［ング］と聞こえるかだろ
英語の語末はだらしがなくてね
閉鎖がゆるむとき
背後霊［グ］がしゃしゃり出て来るのさ
近隣諸国の語末の［ŋ］と
倭国の語末の［N］
区別はし難いものの
幽かなこそばゆさを万葉人は感じていた
音声は国家なり
背後霊対策諮問委員会を召集する

参鶏湯［taŋ］「サンゲタン」
般若湯［taŋ］「ハンニャタウ」
万景［jiŋ］「バンケイ」
この通達を
防人たちに届けなければ

6、バ行、パ行、マ行の前の［ン］［m］
乱暴、心配、人命、など

1、SHIMBASHI
2、SHINBASHI
新橋の駅名のローマ字表示はどっち？
ＴＶのクイズ番組の一齣だ
子音［b］［p］［m］は
上下の唇を閉じなければ調音不能な両唇音
そのため直前の「ン」も

唇を閉じた［ン］［m］になるのです
［シンバシ］の［バ］の子音は［b］
ですから正解は１
謎解きはそのまま音声学講座だった
沖縄の米軍基地
普天間
ニュース映像を視ていてあれっ
標識のアルファベット表記が
FUTEMMA ではなく
FUTENMA ではないか
両唇音直前の掟破りな［ン］
［m］ならぬ［n］は英単語にもちらほら
cranberry［クランベリー］
input［インプット］
inmate［インメイト］

となると日本語の発音は？
「やんまにがしたぐんまのとんま
さんまをやいてあんまとたべた」※
ご協力を仰ぐ
被験者、日本人延べ百数十名
鑑定者、英米人延べ二十数名
回答のほとんどが
〔n〕
上下の唇を思いっきり衝突させる感じで
〔ン〕と発音してみてください
〔m〕一〇〇％に

＊

おべんとう、いかがですか——

米原で乗り換え
東海道線から北陸線へ
車内販売の売り子の科白は同じでも
アクセントが異なる
泰東泰西古今の楽曲に
通暁した作曲家は
「『ホケキョー』と啼いていた鶯が、
『ケキョホー』と啼き出したくらい驚いた。」※※
アクセントの違いは
方言発生の契機でもあるらしい
音符表記を動員した綿密な現場検証は
祖国の音源への行脚だ
北陸線の
鶯の囀りを想定再現してみる
すみません［N］

あん［ŋ］ころはちょっと
お茶にコーヒー缶［m］ビール
お弁［n］当、いかがですか――
［ン］の音質
に関する言及は皆無（心地よい落胆だった）

接続特急が
全速力で駆け抜けて行く

※　谷川俊太郎「ことばあそびうた」より　傍点筆者
※※小倉朗「日本の耳」岩波新書七八頁　傍点本文

ラッションパー

「あっかーるーい
ナッショーナール
あっかーるーい、ナッショーナール
ラジオー　テレビー
なーんでもナショーナールー」※
二〇世紀後半の日本経済は高度成長期

「あっかーるーい

ラ、ッ、シ、ョ、ン、パ、ー、
あっかーるーい、ラ、ッ、シ、ョ、ン、パ、ー、
ラジオー　テレビー
なーんでもナショーナールー」
ラッションパー？
Mちゃんの耳は田螺や
揚げ足取りは
優等生を演じたがる悪ガキの十八番だった
母が太い釘を刺す
他人《ひと》の陰口をたたくのは
卑怯者
面と向かってMちゃんに言いなさい

■検証Ⅰ

【ナ、ッショーナール】【ラ、ッションパー】

【ナ】→【ラ】

ナ行の子音［n］は
慎重に歩みを進める虎
ラ行の子音［r］は
軽快にジャンプする兎
どちらも舌先を歯茎に接しての調音だが
接する位置は
［r］が高めであるのが一般的
［ア］［イ］［ウ］［エ］［オ］
母音のなかで
舌の位置が最も高くなるのが［イ］
「あっかーるーい　ナッショーナール」
背後の［イ］に小突かれ
虎が思わず垂直ジャンプを
遠目には兎がぴょん

［n］が［r］に化けても不思議はない

■検証Ⅱ

【ナッショーナール】【ラッションパー】

【ーナ】↓【ン】

今も昔もこの世は乱世
平和とは
平和を
意識しないで過ごせる日々だ
主君《との》はいつまで
将棋盤に戦局を問い続けるつもりなのか
濃霧が四囲を封じ込め
ひたすら待つ小姓の血圧は
秒刻みで乱高下する
陣幕の陰に

不穏な兆しが
ション！
我知らず刀の鞘を払っていた
討ち取ったのはしかし
敵の首ではなく
待ちくたびれた「na」の母音「a」
采配を仰いでいない
とあれば軍紀違反切腹は必定
不問に付すがよいとの寛大なる下知が
霧が晴れていく

■検証Ⅲ
【ナッショーナール】【ラッションパー】
【ル】の消滅と長音化

テレビがまだ白黒だったころ

アメリカ禁酒時代の暗黒劇《やくざ》
「アンタッチャブル」
UNTOUCHABLE の夕刻を待つ
一週間は長かった
今朝の新聞のＴＶ欄に
「○○のアンビリーバボー」(○○を失念)
unbelievable の ble が「ブル」
ではなく「ボー」に
音声表記は時代を映す鏡でもある
中学一年生の真実一路君が
流汗淋漓
落涙滂沱
駆けこんで来た
table は
「テーブル」じゃなくて

「テーボー」って発音するんですよね
父ちゃんは英語を知らないんだ
尊父の言い分も筋金入り
table がテーブルでなくてどうする
テーボーでは足羽川の堤防になっちまう
二人とも間違ってはいない
正し過ぎるだけ
構造弱者は
登山用リュックを持ち出し家出を宣言した
頑張れ！

■検証Ⅳ

【ナッショーナール】【ラッションパー】

【ナ】↓【パ】

「ナ」の子音「n」は

唇を開いたまま調音する有声歯茎破裂鼻音
［パ］の子音［p］は
唇を閉じて調音する無声両唇破裂音
環境を差し替えいかなる条件に晒しても
妥協点の抽出は絶望的に
その絶望が
ある日ある朝寝返りを打つ
（音声の受信装置は鼓膜とは限らない）
視覚音声
皮膚感覚音声
心理音声
措定環境音声その他
「あっかーるーい」
この空気感を擬音に託すとき
［ナー］

［パー］
いずれが相応しいかと問われたならば…
いまさらだけど、Ｍちゃん
握手させてくれますか

＊

「週明けにも退院できる見込みです」
桜の季節だ
母は桜に思い入れが深い
花見弁当の献立を相談する
ところが翌々日になって容態が急変した
医療過誤なのか
それとも天の思し召しなのか
おそらく、いや

明らかに後者
近所の公園に咲き誇る満開の一枝をへし折り
(犯罪です。よい子は
絶対に真似をしてはいけません)
死神が君臨する顔面に
鉛の瞼に
触れるほど近く、桜だよ

パー

※ナショナル松下電工がパナソニックと社名を変更して以降
この歌は放送されなくなりました。

れどめど

父はその生涯を
王として生きるほかなかったのだと思う
「この背広は
たしかれ、ど、め、どで買ったんだよな」
「ええ、昨年の秋に」
赤貧の筵でも作法を崩さず
妃が応じている
れどめど?

妙な響きだな

お誂え。
仕立て下ろしの和服は
ほのかな香の畳紙に包まれ
洋服は
箔押しの金文字も眩しい化粧箱に
既製品は安物粗悪品
時代のトンネルがあった
洋服には通称が
「ツルシ」
（絞首刑のイメージすらそこはかとなく）
ハンガーに吊るして店頭に並べる
販売形態由来だろう
ツルシを買う

ツルシで買う
れどめどを買う
れどめどで買う

徴兵検査では病歴が黒と出て
王は丙種合格に
皇軍兵士としての資格を認められず
赤紙は来なかった
ラッキー
戦後生まれの白紙は呑気に叫んでいたが
出征できない（しない）
国家的落伍者には
非国民、人非人、の烙印が
ほどなく終戦
焼け野原でも蔑視の矢尻は容赦なく

金《ぜに》だ！
闇市のどさくさに乗じて王は
にわか成金へと躍進した
キャバレーの二階席から百円札をばら撒き
喝采に酔い痴れる

中学生になりたくない
英語はガイコク語
なんでわざわざアチャラ語を
勉強すべきはイヌ語なのだ
不服は他にも
詰襟の学生服これは拷問ではないか
呼吸法を模索していると
チロがじゃれつく
来るなッ

追っ払ってもしつこいので
蹴りを一発

私生活だけでなく公の席でも王は
洋装を忌み嫌い
和装一辺倒になっていく
王子が帝都へ出立する前夜に
新たな禁令を発布した
アルバイト厳禁――
（ご乱心？）
最終学歴は尋常小学校卒
英語の
え、の、字も習わず
栄華に到達し
急速落下した経歴の後遺症だったのか

通学には地下鉄が割安だった
地下鉄に
乗ったことがない和服が
地底へと消えていく
「近くで眺めるなら悲劇でも
遠くから眺めるならば人生は喜劇である」
付けっ放しの深夜ラジオから
チャップリンの名言が

会社勤めの分際でアルバイトをした
言語道断非常識（地上風力）
地底の嵐やいかに
だが破格の報酬に目がくらむ
新嘉坡《シンガポール》の青年を
ホンダ・プレリュードの助手席に招き

ご用命とあれば東へ北へ南へ西へ
「HONDA 車は憧れです
いつか運転したいと
新嘉坡《あちら》では
BENZ の convertible を転がしていますが」
(洒落になってないぜ)
笑顔を彫刻する
「日本の銀行に口座を持ってるんですよ」
「なに銀行に」
「ミッスーイバンです」
?　……mit-sui
「三井銀行?」
「そうミッ、ミツイバンに」
なにかと日本贔屓な BENZ 御曹司は同世代
私的な質問をした

ご両親はご健勝ですか

私が十二歳のとき乳癌で母は
不良グループの鉄砲玉を
親父が再婚もせず男手ひとつでここまで
どれほど感謝しても
感謝しきれないのですが
衝突爆発メンテナンスの繰り返し
息子と男親の関係って
どこか神秘的ですね

い、い、
れどめどは英語だったのだろう
既製品も吊るしも
ready-made

スケナイ

ダム湖に沈む古民家の
襖絵を
実見できるのは今しかなく
山里へ車を走らせた
図柄は鎮守の杜の祭とその故事と聞いている
しかし襖はひどく煤けていて
読み取りは叶わず
棚田の畦で藁縄を綯う丸い背中と

日永一日
世間話にふける
若者の姿が見当たりませんね
ほんとにスケなくなっちまった
伸さんとこの末っ子だって
こないだ出てったし

父も母も平素は
スクナイ
ところが裸足の人たちが来訪すると
スケナイとそろって訛る
酒杯が重なるほど
宴は爛れて
同心円の波紋が次々に広がり
スケナイの郷が見え隠れしていたようだ

父の任は（推測）
道祖神のお告げを
可聴域の音波に置換すること
ところで生身の地蔵とは
詐欺師であり
床柱を背にして母は
畏まって下を向いていた

年の瀬も近い
みぞれ模様の真昼どき
天才詐欺師がぽっくりあっさり鬼籍へと
片割れはあせる
家系と家計の安泰を祈り
夫を生きようとする
他人を騙す

自分を騙す
二種のベクトルを
一本の槍に括らなければ…
賢明かつ懸命な精進は
凡人の証しになった
側頭部に見事な円形脱毛症がいつの間にか
満月みたい
日輪だよ
（菜の花や月は東に日は西に）
一個で満腹の豆大福を
ふたつ
久しぶりに完食して母は
三面鏡をのぞき込む

生は

深淵にして浅い
神様仏様今回の直訴案件は
母のマダラ呆けについてです
痴呆期と覚醒期の不規則な繰り返しが
理性を攪乱するのか
杖を求めて
杖のない歩行を
現在地はジュラ紀の林のなか
集団下校するランドセルの哄笑が
ヒプシロフォドンの咆哮に聞こえたらしく
卒倒した痴呆期
宅配便のダンボールが玄関でドスン
ティラノサウルス
ではないよね。ないよ。
安堵が急性貧血の引き金となった覚醒期

丹精込めた五葉松の盆栽を
処分してほしいと訴えたのは
痴呆期だったか
覚醒期だったか

天の岩戸を
至近距離から拝観する事態に
身体はすでに物質純正の静謐を湛え
銀化した陰毛が神々しい
その肉と骨が
人間界へ復員した
(奇跡とお医者様までもが)
着衣の人型は
仏間に籠り
日々の新聞を一枚一枚

四つに畳むルーティーンを好む
（仮設極楽？・）
外の空気を吸えばもっと元気が出る
越前海岸までひとっ走りドライブしよう
転地養生ってやつさ
尻込みする母を
強引に連れ出した
夕焼ける太陽の全円が半円に
やがて一点の刻印に
お天道様だね
有難いね
掌を合わせるシルエットは生きている母だ

群馬県在住のわが友人
O氏が所用で久しぶりに福井へ

遠路の汗と埃を拭うのは
これまでならば拙宅の浴室だったが
友は自主規制を
ホテルに投宿

「Oさんはいつ来るの？」

（秘密はどこで漏れたのだろう）

「きのう帰ったよ」

不覚！

詐欺師検定初級不合格

「あしたもまた連れて来てくれるかい」

海風が白髪を梳る

体育祭

運動会
「ウンドーカイ」の「ウ」を
意識的に省略して
「ンドーカイ」
そう発音していた時期がある
河童になりたや
人類亜種への変身を渇望していた
大便も「ンコ」

頭上の素焼《さら》に載せて乾かす

近所の小学校の
ラウドスピーカーが五月蝿い
騒音公害だと苛立つ耳に
Jポップの数々が
続いてフォークダンスのあの名曲
オクラホマが
（なつかし過ぎる）
オクラホマは今年で何歳になるのだろう
もみじの葉のような
手と手が触れ合っているはず
思わず出かけた

校庭脇の通用口に

関係者以外立入り厳禁！

御触書があり
さらに念入りに
黄と黒の縞のロープが張り渡してある
黄&黒
この鮮やかなコントラストは色彩言語だ
工事現場の柵にも
核関連のシンボルマークにも
——危険、近づくな
物騒な世の中になっちまったんだな
見知らぬおじさんが
声をかけてきたら
全力ダッシュで逃げるのですよ
通用口は数年後
鋼鉄の扉で完璧な関所に（ご報告まで）

ロープを跨ぐのは雑作もなく
聖域へ闖入する

体育祭って楽しい？
うん、楽しい
いちばん好きな授業は？
返答は予測通り
体育が与党を結成している
予測通りがもう一つ
数匹の河童が
藤棚の隣の砂場で
深刻な雰囲気を漂わせ何やら密議を
独立宣言を起草する植民地の分子を連想した
皆さん
所定の位置に戻ってください

応援コンテストの時間です
ラウドスピーカーが場を仕切る

運動会が体育祭と
呼称変更になったのはいつ頃だったか
［タイイクサイ］は妄想ワールド
体位臭い
一音削除［タイクサイ］
（みんなもそう発音している）
河童にとって高校を卒業する至高の歓喜は
牢獄からの解放だった
体育よ
永遠にさらば！
（入試のハードルにコケて頭蓋骨を強打）
仕官に励むでもなく

手に職をつけるでもなく
浪人は
放蕩無為の四年を
その冒瀆を法律は許したが
天誅が下った
新天地のカリキュラムに例の二文字
「体育」が
卒業アルバムを開き
一本の青竹と一輪の白百合の
顔写真の不在を再確認する
運動神経抜群学業成績秀逸の二人には
早々と左折の指令が
河童は
直進を許され牢獄へ再び

■次の文章は上海モーターショーについての記述である。読んで設問に答えよ。

マツダや英ロールスロイスのデザインを模倣したとみられる中国メーカーの乗用車が複数展示されている。知的財産権保護の意識の希薄さがあらためて浮き彫りになった。ロールスロイスの担当者は「ひどいコピーだ。こんな模倣はこれまで見たことがない」と苦笑した。

（二〇〇九年四月二二日付け福井新聞より）

■設問

本文の趣旨に合致**しない**ものを二つ選べ。

a、模倣は人類営為の原点である。

b、経済と模倣は不可分だ。

c、進化は歪みを伴う。

d、国民性を無視することはできない。

ｅ、モーターショーは成功だった。
正解はａとｄ
国語現代文入試問題を戯作した

マッチ擦るつかのま
海に霧ふかし身捨つるほどの祖国はありや

名月を取ってくれろと泣く子かな

国語とは日本語のこと
呼称変更は
ありやなしや

ガ行鼻濁音

アンデス山脈の盆地標高 2600m に
コロンビア共和国の首都
BOGOTA がある
冬になると
風が全く凪いでしまうので
枯葉が
散らない枯葉を繁らせた並木の街路の

モノクローム写真を
てっきり盛夏の光景と勘違いした
梢に透ける空に
北風の歌を聞く視力にとって
着ぶくれした冬木立ちは
異界の相貌だ
少し遅れてさざ波が寄せる

濁音。
[ガ・ギ・グ・ゲ・ゴ]
鼻濁音。
[カ゚・キ゚・ク゚・ケ゚・コ゚]
近ごろの若者は
鼻濁音を
使用しない傾向があると物の本に

「信号」は
「シンゴウ」「シンコ゚ウ」？
「ガス会社」は
「ガスガイシャ」「ガスカ゚イシャ」？
たしかに曖昧であっても
「蛾が飛んで来た」
「ガカ゚」
格助詞は鼻濁音が圧倒的多数を占める

ダコ゚行きですか？
違うよ。
ダコ゚行きですか？
違うよ。
ダコ゚行きですか？
（乗合い無蓋車《ジープ》の車掌が問い返す）

DAGO へ行きたいのかい
ええ！
さっさと乗りな。
DAGO は［ダゴ］だった
［ダゴ゜］では団子も同然らしい
熱帯の島嶼国家の駅頭で
まる一日を棒に振った笑えない旅先がある
濁音、鼻濁音
恐るべし

有史規模のメガ地震が
極東の島国を奈落へ突き落とす
人智は無限でも
陣地は有限
奔放な津波が平野の腹部で

アミーバに化け
保冷トラックの巨体をいとも簡単に呑み込む
すぐ後ろの乗用車は
間一髪！
運命の露出を
ヘリが生中継する現在進行形を
腕組みをしながら眺めていた
2011,3,11 午後三時四〇分
第一報からすでに
小一時間が経過
昼飯に何を食らったのかを思い出せない
世の処女よ
全員全裸になってくれ
一人の警察官が
大橋の手前で仁王立ちになり

車列を誘導している
アミーバが至近距離へと
電波障害が数秒
画面回復
再びジャミジャミ
（警察官の無事を後日の報道で知った）

復興の槌音が聞こえて久しい

ヘリが中継した全映像を
いまいちど点検してみたい欲望がふつふつと
見えて見えない瞬間が無数に
ＴＶはしかし再放映をしないはず
他者の不幸をぼくは
娯楽にしようとしているのだろうか

割り箸一膳で
復旧した橋があれば
空き瓶が邪魔して
基礎工事すらままならない橋も
（槌音に絶え間はなく）
世界人類が平和でありますように――
――世界人類が虫歯でありますように
パロディシールを大量頒布し
貯金箱を空っぽにした馬追虫が
交響楽団に戻ってくる

季節外れの嵐だった
アメリカシロヒトリが窓硝子を敲く
「絆創膏をいただけないかしら
一枚でいいんです」

満身創痍
地球放浪を
ライフスタイルにしているようだ
「絆創膏は遠慮なくお好きなだけどうぞ」
差し出すパスポートの国籍は
コロンビア共和国
思わず訊ねた
［ボコタ］
［ボゴタ］
正しい発音は？

どちらでもいいわ
BOGOTA は BOGOTA ですよ

促音

牡丹散つてうち重なりぬ二三片　蕪村
「散つて」→「チッテ」

蕪村、一茶、鬼貫、杉風
まるで受験勉強だな
(目的未了)
日本古典文學大系４５「芭蕉句集」
大冊五百ページを超特急で駆け抜ける

名月や北國《ほくこく》日和定めなき

奥付は
昭和三七年六月五日第一刷発行
昭和四一年一二月五日第六刷
初版が昨日であれば
「北國」は
「北国」に
ルビもおそらく
「ほくこく」ではなく「ほっこく」に
「ホクコク」「hokukoku」
「ホッコク」「hokkoku」
芭蕉の時代も
流通音声は

促音の［ホッコク］であったとか
勉強に褒美を賜る
北國が
故里福井の敦賀とは大発見
（それがどうした）
オリンピックで日本が金メダルを
それも地元出身の選手だったりすると
こころに浮力が生じませんか
ほくほく
ほっほっ

小さな「っ」
促音は
無音
だが空白ではなく

五、七、五
五、七、五、七、七
民族の詩歌の語感と鼓動には欠かせない
確固たる一音
結晶体の無音である

一対《いっつい》か一対一《いったいいち》か枯野人　狩行

「一対」「イッツイ」「ｉｔｔｓｕｉ」
（促音がなくては意味不明）
「一対」「イッタイ」「ｉｔｔａｉ」
（促音なしでは遺体、異体、痛い？）
後続する子音の発音態勢を準備したまま
一拍待機
次の音声に花を持たせる促音は

意味性を見守り
音韻を整える
秋津洲古来の文部官僚だったのだ
gatkouではなくて
gakkou
「学校」のローマ字表記を習って下校した夜
煎餅蒲団の夢うつつ
交番のお巡りさんに訴えた
行方不明の「ッ」を探してください

芭蕉の旅路は
わらぢにかちの空と地面
車なし、鉄道なし、まして飛行機など
複葉機の
試乗会があったと仮想したい

墜落しないとの保証は致し兼ねます（主催者）
空《くう》を体感できるならば……
俳聖は迷うことなく
参加申込書に署名したのではないか
「摩天楼より新緑がパセリほど」（アメリカ）
「太陽をＯＨ！と迎えて老氷河」（カナダ）
「春暁の自転車五つ六つ百」（中国）
海外吟でも
促音は欠かせない
鷹羽狩行、現代の俳星が
空港のカウンターに預ける旅行鞄は
大型それとも小型だろうか

今日の映画はユーカイでしたね
愉快？

誘拐?
紛らわしい
オックチマーへ行く電車は
何番線ですか
オックチマーが御徒町《おかちまち》と気付くには
タイムラグを要した
高島屋がタックシマーィではお手上げだ
混乱の原因は明らか
強弱アクセント、英語
高低アクセント、日本語
子音だけの音声が頻出する、英語
子音に母音をくっ付けたがる、日本語
体質が異なるのだ
日英の
水と油の主張を

落し所へと導いた辣腕の外務官僚も
ほかならぬ促音だった
犬は［**ド**グ］でなく
［ドッグ］
猫は［**キ**ャト］でなく
［キャット］
西洋煎餅［**ク**キ］は
［クッキー］に

初潮を流した少女が夕空を仰ぎながら
「あっ、飛行機が」
声を発し
飛行機雲に涙の行方を重ねている
草野球に興じる少年の
喉が裂けた

「あっ、飛行機が！」
黒煙を吐き
一機のセスナが急降下していく
ところで
［アッ］
この促音には後続する子音がない
すっぽ抜けなのだ
声門閉鎖という現象
心筋痙攣の音声反応であり
音韻と意味性に携わるお役人の仕事とは
無関係である

前言語的領域を
くぐり抜けることなしに
生涯を完結する人はいるのかしら

個人史の行間に消えていく
一瞬の花火を
（初恋のその時を思い浮かべるとよい）
すっぽ抜けは写実する

あっ
いっ
うっ
くっ
れれっ

座蒲団

子供の頃
切れるとは

ヤツハナカナカキレル
判断が適切かつ迅速
頭脳の明晰さを称揚する形容詞だった
近頃ではもっぱら
メンタル関係に使われる動詞として

ヤツハスグニキレル、い、い
Bandung に
ぼくは切れた

［ン］でもなければ
［ング］でもない
インドネシア語の語末の ng
バンドゥンバンドゥンバンドゥンバンドゥン
バンドゥングバンドゥングバンドゥング
バンドゥンバンドゥンバンドゥンバンドゥン
ごくまれにやつがＯＫのサインを出す
のだが
盲目《めくら》打ちに連続ヒットは望めない
バンドゥンバンドゥングバンドゥンバン…………
……………………………………………

くそっ
どう発音すればいいんだよ

戦争は
外交の正当なる一手段
負の側面の解釈は依然として流動的だが
現在でも犯罪ではないようだ
インドネシア
vs
ジパング
発音戦争が勃発する
Bandung で惨敗を喫した
起死回生の武器は
座蒲団

ジャブトン
ジャじゃなくてザ、ザブトン
ズッ　ズッ　ズィァブトン
違う！　ザブトン
ズッ　ズッ　ズァブトン
まだまだ

［アザッス］が
「アリガトウゴザイマス」と理解できるのは
母語の懐の内側ゆえ
羊水世界の教えが
1＋1＝2
ではない証左だ
玄関先で
青黒い蛇がとぐろを巻いている

「どうかお引き取りのほどを」
思う間も無く
つむじ風のように遠ざかっていった
願いが通じたのか
それとも
偶然の同時進行だったのか

ハイジ・ライト女史は
犬、猫、猿、熊、海豚、ペンギン、魚族
さまざまな動物と
意思疎通が可能なスペシャリストだが
再三の来日にもかかわらず
日本語は相変わらず片言のみ
動物との会話は
1＋1＝2

1＋1＝∞
いずれでもなく
極微弱な生体放電の
交換に依拠していると空想するしかない
魔女？
魔女ならば
日本語通訳は不要であるはず
人間《じんかん》は
音声の鎖に縛られている

「漫画」「マ、ン、ガ、」
「人気」「ニ、ン、キ、」
「天狗」「テ、ン、グ、」
「本家」「ホ、ン、ケ、」
「林檎」「リ、ン、ゴ、」etc.

カ行ガ行直前の
「ン」は
「バンドゥン」の「ン」に似ている——
やつのつぶやきが
垂れ込めていた暗雲を払う
「ンク」「ング」と発音するつもりで
「ク」「グ」を
押し殺した「ン」
日本語の語末には出現しない「ŋ」が
敵陣であった
ついにBandungを攻略

いつしかやつも
涼しい顔をして座蒲団を尻に敷いている
「ジャ」→「ズィア」→「ズア」→「ザ」

［ザブトン］
どんな練習をしたのか教えてくれよ
（分析的方法論を期待する）
日本人の婚約者《ステディ》に…
オヌシ
いま、何と？
方法論どころではなくなってきた
即席の祝賀の宴を開く
ムスリムに飲酒がご法度とは
承知の助
やつが酒豪であるのも承知
郷に入っては郷に従え
アルコールがまわる
胡瓜と茄子では
どっちがセックスに有害だと思いますか

はあ?
都市伝説じゃないの

裏返す、提供者の場合
はずす、訪問者の場合
座蒲団が言葉を代行した日々はすでに遠い
それでも留学生はしたたかな対応を
座蒲団なしの生活をしたのでは
せっかく覚えた日本語が
机上で眠りこけてしまうと
座蒲団は
クッション機能+αなのだと

昨今ジパングから
座蒲団が蒸発しつつある

時の浮島は
明日へと見えない流速で移ろう
ご無沙汰をお許しください
書信をしたためた

ワタシノ、ザブトン
マダ、アリマス
フジタサン、イツ、インドネシア、キマスカ

「イツ、キマスカ」
やつの母語の修辞法が
直訳のまま日本語に立っている

赤とんぼ

ぼくは携帯電話《ケータイ》を持たない
花粉症を表向きの理由にしてはいるものの
ぬるぬるしたものは
持てない
のが正直なところ

痴漢行為をしたことはあるんだろ――
ある、数えきれないくらい。

お化けを見たことは——
ない、
まっぴら御免だ。
ケータイを買いなよ
お化けと仲良くなれるからさ——
友人が
真顔で促す

ぴんと張った木綿の糸が
ささやき声までも伝えるのに驚いていた
ただし相手の姿は
まる見え
糸電話の悲しさである
ダイアル式のジルジルから
プッシュフォンのピポパへ

利器の進化に
ニキビが並走していく
「こらああ、何回言わせるつもり！
少しは電話代を考えなさい」
（顔が見えると出来ない話もあるんだよ）
銅線パワー
天空の密室の居心地は抜群だ
万難を排して長電話を

電車ならば三分弱
徒歩では三十分強
JR中央線の
西荻窪駅から吉祥寺駅へ
晩春のねぐらの界隈をうろついてみた
（まさか長距離の旅になるとは）

ボッボッバボー
土鳩？
雉鳩？
武蔵野の主は健在なり
Ｔ字路の正面に
でんと構えていた大正御殿が
白亜の高層マンションに様変わりしている
御殿は
花屋を営んでいた
薔薇　出血大サービス！
杉目の格子戸に手書きの広告が
ひらひらぱたぱた剝がれんばかりに
台風が接近していたっけ
未知の漢字
「薔薇」の読みは

状況判断にて
「出血サービス」は
全国を席捲していたハイブリッド熟語だ
ポリバケツに犇めく真っ赤な花弁が
疾風に千切れている
出血するのは店主のはずだが

「ついにケータイを持つ身になったよ」
「冗談はなしにして下さい、先生」
「老人対策だってさ
家族の結論には逆らえない」
「納得です
ぼくの禿げもいよいよ」
団栗ころころ、泥鰌が出て来て
泥鰌とくれば柳川

柳には風、風が吹けば……
互いの加齢を
小噺に転がしていた平成一九年二月下旬
東京と福井は銅線の両端にあった
翌月三日
行年七十七歳
いったい何事ですか先生
急用だ
千年の途は別にある
肝に銘じます

電話、鍵、さくらんぼ（数限りなく）
普通名詞とは
抽象名詞でもあり
その境界が真空地帯だったとは迂闊にも

「靴が」
「靴がって？」
「靴が！」
「履くものは他にもあるだろ」
「ケータイに誰も返事をくれない」
「友達とか彼女は？」
「金がないっす。友達も彼女もいない」
今から実行です
殺人の決意をケータイで拡散する
（誰か反応してくれ‼）
………
体脂肪率一桁の上腕三頭筋と
金属が合体し
無差別殺傷事件勃発
死者七名

重軽傷者十名
秋葉の原の
血糊の湖畔は正午少し過ぎ

２４時間営業のコインランドリーの深夜は
殺風景の標本だ
左手に缶珈琲
右手に週刊誌
グラビアのぴちぴちギャルの
水着の透明化に没頭して時を潰す
腰が細い男子も
星が積もればおっさんに
おっさんが
失態をしでかした
黄昏れる空のあかねを

てっきり暁のくれないいと
徹夜が続いていたのだと弁解は可能でも
(弁解は脂肪肝を悪化しかねない)
朝焼けと夕焼けの違いを検証すべく
一眼レフを購入する
切ったシャッターは数知れず
無駄金を使っちまったな
カメラ・アイは
非生物だった

この指に止ーまれ
赤とんぼ
来ないやつは金輪際来ないが
飛来するやつは
再三、再四

再x
くつろいでいる風情
屋内へ連れ込んでみる
目玉をくるり
反応はそれだけ逃げる気配はなく
（ハネをもいだらトン辛子
このまま御命頂戴だって出来るんだぜ）
ぷいと
大空へ滑って行く

親善大使よ
刃物で切りつけても落命しない草木との
交信はいかにして

骨髄液検査

日本語音声体系としての五十音図は
総合検診を受けてみる必要がある
元気な生活者だ

■処方箋1

かつて国語辞書は
あ、い、に始まり
い、い、をんなで終わっていたと

粋なコメントを発した文士がいた
〔ワ・□・□・□・ヲ〕
ワ行の正常部位は現今では
〔ワ〕一音のみ
〔ヲ〕は
文法機能に埋没し久しい
ところが実際は
wide〔ワイド〕〔wa〕
window〔ウィンドー〕〔wi〕
wood〔ウッド〕〔wu〕
west〔ウェスト〕〔we〕
wall〔ウォール〕〔wɔ〕
血管に明らかな狭窄が認められるのは
ウの段だけである
wood〔wud〕は

［ウッド］［ud］はでないからだ
接吻を求めるように唇を突き出し
［ゥウッド］
それだけで血流は快癒する

■処方箋2

［ヤ・□・ユ・□・ヨ］
エの段の歯抜けは退化なのか進化なのか
yes［jes］を
［ィエス］と
だれもが発音している
厄介なのはイの段
year［イヤー］「年」の［イ］はヤ行
ear［イヤー］「耳」の［イ］はア行
（発音マニュアルは）

［ヤ・ユ・ヨ］を発音しようとすると
舌の両端が上顎に接する
その態勢で［イヤー］
⟶ year［jíər］に
舌先を低く構えて［イヤー］
⟶ ear［íər］に
スピーキングは解決可能でも
ヒアリングは別問題
ear との違いが判るように
year をゆっくり発音してくれませんか
［イヤー］
もういちど
［エヤー］
もういちど
［エュヤー］

Cynthia の舌が縺れる
ご協力していただき恐縮、深謝しています
愉快かつ厳粛な儀式だった

■処方箋3

サ行「サ・シ・ス・セ・ソ」の「シ」の
ローマ字表記は二種類
s i（訓令式）
s h i（ヘボン式）
今夜は「お寿司」にしようか
訓令式の o s u s i では
「オスィ」に
ひどく不味そうなに寿司になる
Can I sit here?
——ここに座ってもよろしいでしょうか

Can I shit here?
——ここで大便をしてもよろしいでしょうか
sit [sit]
shit [ʃit]
仮名表記ではどちらも［シット］
これも相当に不味いが
過ぎし日のコントになりつつあるようだ
タ行も同様
［タ・チ・ツ・テ・ト］
［チ］chi／ti［ティ］
［ツ］tsu／tu［トゥ］
祖母（存命ならば百三十才を超える）は
檸檬入り紅茶
レモンチーをこよなく好んだ

■処方箋4

ザ行［ザ・ジ・ズ・ゼ・ゾ］
ダ行［ダ・□・□・デ・ド］
ダ行の歯抜けを理屈で補うならば
イの段はチの濁音ヂ
（実音は［ディ］）
ウの段はツの濁音ヅ
（実音は［ドゥ］）
Did you ～? ［di］［ディ］
Do you ～? ［du］［ドゥ］
大和言葉的でないこれらの発音に
難渋する日本人と出会ったためしがない
ちなみに鈴木さんの鈴は
［スズ］になったり
［スヅ］になったり

臨時［リンジ］
鼻血［ハナヂ］
水漏れ［ミズモレ］
手作り［テヅクリ］
その昔それぞれの文字は
それぞれの音声を担っていたと聞く
石棺が出来上がったのはいつごろだろう
zipper［ジッパー］［zi］
jungle［ヂャングル］［dʒ］
いずれも［ジ］
cars［カーズ］［z］（car の複数形）
cards［カーヅ］［dz］（card の複数形）
いずれも［ズ］
石棺の蓋は重い

■処方箋5

清音と濁音たとえば
［タ］［ｔａ］
［ダ］［ｄａ］
濁音変換は濁点を振るだけ
文字の書き換えは不要
アルファベット二文字を
一文字で表す仮名は
地上無二のスーパー表音文字である
（どんな音になるのだろう）
全ての仮名に点々を打ってみた
あ・い゙・ゔ・え゙・お゙
な゙・に゙・ぬ゙・ね゙・の゙
ま゙・み゙・む゙・め゙・も゙
や゙・ゆ゙・よ゙

ら・り・る・れ・ろ
お・ぞ・ん
「よしなさい。そんなもんないの」
鉛筆を与えたからには教育もしなければ
叱責は親の責務である
大正、昭和、平成、令和
「あ〜」
「ええっ！」
「ん？」
コミックの吹き出しの
脱法表記に
天国世代も微笑んでいるのではないか

■処方箋6

自由異音という括り方を知った

［シ］［スィ］

［チ］［ティ］

［ツ］［トゥ］

［ジ］［ズィ］

［ヂ］［ディ］

［ズ］［ヅ］［ドゥ］

語り合うことで世界は始まる。

でも、誤解が…。

誤解を恐れるのは言語の否定に等しい。

原点回帰の果敢さよ

■処方箋7

刺身の白身と赤身

鯛や平目の

瞬発力に優れた筋肉は白く

瞬発力よりも持久力
休息が許されない鮪や鰹の筋肉は赤い
人体では心筋や腹筋が赤身に相当するとか
——閑話休題
「とりあえず刺身盛り合わせ五人前」
今宵の宴の幹事は
イギリスから来た破戒僧
Markus だ
市販の経典を焚書し
巡礼の日々を
それもあくまで素足での実践
足裏の傷みこそ異邦の言語のエキスであると
オリジナル聖典の編纂に挑んでいる
盛り合わせは
土踏まずの砂粒だった

「一人前を白身にしてくれないか」
「よろこんで！」
ウインクは
和食のテーブルには余計だが
眼差しは巡礼者のそれだ

＊

外来診察、即入院。
できるだけ丸く突き出すようにしてください
凶器まがいのぶっ太い中空針が
腰骨にずぶり
「教授、その関節は…」
「大丈夫ここでも、ほら」
大学病院に

美点があるとするなら
野蛮であること
雛と親鳥が交わす小声の遣り取りが
患者の耳に筒抜けで届く
自由異音に相違ない

「これがあなたの骨髄液です」

真水?

かと思った

エマニエル夫人の乳房

車道へうっかり
てことこ
側溝に吸いこまれそうに
ずるぐら
目が回るのか外界が回るのか
どちらも回ってはいないのだが視界が回る
メヌエール

計ったほどタイミングよろしく
新聞に連載記事が
大脳
小脳
脳幹
三半規管
このいずれかに病魔の巣窟があり
対策としては
安眠がベストであるとか
やりきれないなあ

考古学が専門の友人を
朝倉氏遺跡へ道案内したときのこと
銘版の数枚に
希有壮大な合成語が

歴史的遺構――
「どういう意味なの」
「まだ何も特定できていないってことだよ」
なるへそ
アリガトウナラ芋虫二十歳
オソレイイリヤノ鬼子母神
歴史的遺構は
身体にも無数にある

度を越したきまま、、、
手に負えない性癖はときに
歴とした病気らしい
「強迫性障害」（薬餌療法は未確立）
医師の資格を持たぬ者が
女子高校生の澄みわたる瞳と向き合う

きままだと自覚したことはこれまであるかい
ない、けど
周りがみんなそう言うんだよね
恋人はいるのかな
勿論いるよ
年は？
二つうえ
どんな青年《ひと》か教えてくれよ
丸っこい言葉を話すやつ
チュは？
やらしい質問、助平！
失礼

一丁目が首を捻る
小脳異常なんて病名は聞いたことがない

小脳炎だよ
だが入院事由の欄には
炎ではなく異常と手書きの記入が
メヌエールですか
違いますね
本格的な治療の開始は
病因を特定してからになります
（何卒よろしく）
検査、検査、検査検査検査検査検査検査検査
検体の一部はアメリカへ送って精査中
なのだと主治医のＮ医師が
ＴＶを視ていた
山陰線の余部橋梁を解体した鉄屑を
○○研究機構が買い取ることに…
（全国ネットで流すほどのニュースかよ）

長年の潮風と鉄の寿命の関連について
新たな研究の成果が期待され…
(全国ネットだ)
空気は軽くて重い
時間にも質量があるはず
検査は一体全体いつまで続くのですか
N医師に毒づく

中学生になると理科の教科書は
理科I理科IIの二分冊に
(賢くなった気分)
一年生が履修するのは理科II生物である
生殖には有性生殖と無性生殖があり
微生物のなかには
分割するだけで

独立した個体を形成するものも
「ニンゲンの生殖は？」
「あのね、きみね」
先生の顔が
埴輪になった
？　！！
背丈が一気に一〇cm伸びていく
年齢を詐称し
二十歳未満お断りの成人映画
「エマニエル夫人」上映館の薄暗がりへ
おお全裸
乳房と吐息の協奏曲に昂奮はMAX
（ストーリーはまるで……）
あれはフランス映画の古典的名作ですよ
エマニエル

メヌエール
音韻混線が吉と出た
N医師は
シネマフリークだったのだ
白衣がはじけ秘めた泉が滾々と
B級のエロ映画ではなかったんですね
主治医と交わす
雑談に優る良薬はない

「こころの貧しい人たちは、さいわいである、
天国は彼らのものである。
悲しんでいる人たちは、さいわいである、
彼らは…」※
山上の垂訓の
英語バージョンの語り出しは

Blessed are…
「さいわいなるかな…」
開口一番の
（ギリシャ語ラテン語でも同様とか）
胸を貫くこの閃光を
日本語訳では
伝えきれない憾みがあると
敬虔なキリスト者は著作に添えている
非キリスト者
まして宗教アレルギー患者は
小細工を企んだ
「さいわいなるかな
入院する人たちは家宝を手にするであろう。」
（神よ、お赦しあれ）

ツバメは渡り鳥
洋上での休息は至難の業
住めば都って諺もあるじゃないか
生命を危険に晒す苦行はよした方がよい
引き止めても
海を越えて行くのは
（努力かしら）
翼がもったいない
空を飛べるんだからさ
出かけてみてはどうだい
スズメに
旅の効用を説いても聞く耳を持たず
極寒の冬も灼熱の夏も
同じ土地で踏ん張る
（努力かしら）

ニンゲンは努力の一語を尊ぶ
しなければならないことに必死になる
でもそれは
したい事をしているに過ぎないと
鳥たちは見做すのかも

退院許可が下りた
このところN医師にお目にかかっていない
一言ご挨拶をしなければ
総合案内デスクへ赴く
お掛けになって少々お待ちを

今月付けで
デュッセルドルフへ出向しております

※新約聖書「マタイによる福音書」5・3～4
日本聖書教会一九九二年度版より

大友ビル

熊の履歴は燦然としている
地球を股にかけている
なのに
なぜ
automobile［オートモビール］を
わざわざ
motorcar［モーターカー］に
器械体操が苦手なのだろうか

ベルリンでの椿事
大量の書籍を購入したのはよいとして
ヨーロッパに
紙袋のサービスなど望むべくもなく
三歩歩けば
書物の山が崩れる
日溜りの注目は熱く
熊は
山を築きなおし
そのまま市バスに乗り込んだ
得意なのかも知れない
器械体操が

プライベートプレス福井――１９６６年

廃水の沼に沈む貧相な骨が
彗星の流群を目撃する
『死者の奢り』
『飼育』
『芽むしり仔撃ち』
歯痛に耐えかね
目を閉じたまま疾駆する競走馬よ
閉所恐怖症ゆえに過食と
拒食を反復しつづける家猫よ
テロル決起の時だ
ターゲットは文部省
共同戦線を
ストックホルム７日共同――１９９４年１２月
「僕は発音が苦手なので、

例えば
オートモビール〈自動車〉が、
奥さん〈ゆかり夫人〉に言わせると
大友ビルに聞こえるので、
モーターカーに直しました。」※
物真似が上手な
鳥類は数多く
鳥たちが復元する人語の不思議な魅力は
不完全さのトリックだ
熊はあくまで
伝達の正確さを心がける
腐心したのはおそらく次の二点
強弱アクセント
そして
「*l*」《エル》の発音

■強弱アクセント

日本語が感染すると
多臓器不全を惹起しかねない
要注意ウイルス
しかし英語にとっては
必須環境因子
喪失しようものなら
音声ばかりか思考回路までもが
進行性麻痺の危機に瀕する
１９６４年の
東京オリンピック開催は
焦土を克服した共同体の悲願だった
国家的旗印として
カラーＴＶ

水洗便所
ジョンとメリーになって英会話をしよう
（英語能力向上もそのひとつ）
カラー放送により
列島は素顔に目覚め
汚物を押し流す水力が
首都の景観を日々劇的に刷新する
ジョンとメリーの
体調不良は
周回遅れで伝わっていった
自室の扉に筆記体の名札を貼り付け
なにぬねのなのねぬ

■［*l*］の発音
I love you.

［アイラブ ユー］
これが英語ネイティブには
I rub you.
「あなたをこすります」
と聞こえがち
［*l*］も［r］も日本語ではラ行だ
区別はなく
さらに
［*l*］には二種類の表情が
母音と結合したラ・リ・ル・レ・ロ
「明るい*l*」と
母音を伴わない子音単独の
「暗い*l*」
後者は喉を鳴らしながら舌先をぐいと
歯茎に向けて差し延べるそれだけ

ラ行の鼓膜には
おおよそ次のように届く
［オートモビーゅか］
［オートモビーぅか］
［オートモビーよか］
［オートモビーるか］
automobile
赤道直下の雨林のレストランで
舌鼓を打った食材は
豆腐の一種？
生チーズ？
猿の脳味噌だった

チケットを買いそびれ
遅刻して熊の講演会の会場へ

入手した座席は
最後列、ゆ・28
東京世田谷の老舗蕎麦処の
天婦羅蕎麦が熱く熱い湯気を漂わせている
（たかが蕎麦されど蕎麦）
福井へお越しとあれば
なにはともあれおろし蕎麦を
冷たい仕上げです
天婦羅とのコラボなら
天おろしあるいは天ざるを
ゆ・28に
着席したとき
ホールはすでにロシアの大地の
海と見まがう大河の船旅に酔っていた

*

コーロギ君から封書が届く
便箋三枚にびっしりの質問そのひとつが
decide ＝決心する、決定する
decide on ＝決心する、決定する
on の有無による違いが分かりません——
ミクロ的な着眼だ
受験英語のポイントではないので
気にする必要はなし
そう返書しつつ
「Nancy は Tom との結婚を決意した」
としようか
Nancy decided ～
Nancy decided on ～

on が点灯するとき
Tom は
Nancy の初恋ではなくて
n番目の思い人？（そんな邪推も）
言葉は繊細にして大雑把
大雑把にして繊細
個人的な見解だけど
日本語の、でも、だが、しかし、の違い
定義不能な暗示力に似ている
（おっと、お節介でした）
コーロギ君
過剰勤勉状況に陥ってはいませんか
睡眠は十分ですか
砂漠の行軍は体力が勝負
北朝鮮に拉致されませんように

ハンドボールのルーキー
アゲハ君が
アキレス腱断裂さらには腓骨を複雑骨折
選手生命は絶たれたともっぱら
入院先に立ち寄ってみた
ベッドはすでに
もぬけの殻
「脱走しました——」
看護婦の捨て台詞に面喰らう
競技用自転車にまたがり
国道を峠の方へ…
駅前の宝籤売り場で彼女と一緒に
仲良く並んでいましたよ…
市民体育館の

廊下に人だかりができたのは
匍匐前進するアゲハが失神して…
脱走犯の
目撃情報には事欠かない

「怪我をしないようなレベルの練習では
練習とは言えません
怪我をするなんて最低ですが
ぼくは元気です
ハンドボールがぼくの元気です
ご心配をおかけしました」
走り書きの葉書が届く

大友ビル
モーターカー

automobile

※福井新聞からの引用。傍点筆者。

ヤスクニ

引退して
親方になった鷹の鼻
（訂正、ワープロの気紛れです）
貴乃花が
ひさびさにヌード姿をＴＶカメラに晒す
「元横綱がガリガリに！」
「それでも四股の見事さはさすが！」
才能って

なに？
闇鍋を無心に掻き込む毬栗の
問いかけは熱い

日本国宰相
小泉純一郎が
返り血を覚悟のうえで
有言実行を
靖国神社を最初に参拝した際の服装は
洋装だったのか
和装だったのか
（紋付袴姿もたしか一度）
記憶が捻転している
複数回に及んだ参拝を
その都度マスコミは丁寧に追いかけていた

言葉より衣装が
饒舌になる
公園や交差点や天井がある
現人神が人間宣言をしたあの日このかた
和装は日常から非日常へ
衣装から意匠へと

五千万円の高級車の新車も
三十万円の中古の軽も一台は一台
１６０kgを
９０kgへ
削ぎ落とした肉塊はぼくの体重に匹敵する
吾いずこ岩にしみ入る蟬の声　馬笑
大人一人をしょい込み
土俵で綱を張る

命懸けの生き様は文化の前衛だ
優勝力士が
頂戴する内閣総理大臣杯は
４０kgとか
よろめかずに差し出す
授与者をいまだ見たことがない
ライト級、舞ノ波
ミドル級、富士牛若
ヘビー級、七浦
天与の肉体に
ランクを刻印して闘うのが公平なのか
ランクを設定しないのが
より平等なのか

生を享けた誰もが天皇の赤子《せきし》――

「おはようございます」
朝顔は東雲の露に
「こんばんは」
蚊遣り火と夕顔
初顔合わせであっても
親密な挨拶を交わせるのは
共同体が成熟している証しであろう
もらい湯ってご存知ですか。
お裾分けの最たるものですよね。
銭湯が休業のとき
隣家の風呂を使わせてもらったことが幾度も
浴槽に浮かぶ垢は花筏
シャワーなどあるはずもなく
不潔！
きもい！

昨今いじめが
問題になっているのは
過剰な清潔志向が一因と考えられます
天皇の御湯殿にも
シャワー設備はなかった（らしい）
神、国家元首、父親の座から
引退したヒトは
空を支える仕事をしている

戦争は
美徳の極北でもあった
終の宣告であれ軍人たるもの
敵への礼節を忘れることはあり得ず
（不文律が生きていたのだ）
してもよい事と

してはいけない事がある
ドレスデン
ヒロシマ
ナガサキ
無差別大量殺戮が
してもよい事に
なんでもありの年表が始まる
スポーツ界のドーピング検査は
心肺停止寸前の地球の
残り少ない酸素ボンベかも知れない
極東国際軍事裁判別称東京裁判
A、平和に対する罪
B、通例の戦争犯罪
C、人道に対する罪
ABCは

罪の軽重でなく種類の区別である——
（これが理解できないんだ）
A級戦犯二十八名は東京の法廷にて
B級C級戦犯
約五千七百名は異国の庭にて
「約」
ありふれた副詞の
ありふれた立ち位置に背筋が凍りつく

日出国の八月一五日は
終戦記念日
戦後四十年一九八五年のその日
内閣総理大臣中曾根康弘が公式参拝と称して
靖国神社へ出かけた
中曾根が「ナカゾーネ」と訛って濁り

靖国神社は War Shrine
戦争神社に
歪んだ固有名詞を
遠い国のＴＶニュースが放出し
近隣諸国では食卓が傾き滑落した食器を
旭日に向かって投げつける
ヤスクニの翻字には
宇宙望遠鏡が必要なのかも知れない
「靖国で会おう！」
あれは呪文でした――
生き証言は
嘔吐であり覚醒でもあり
消え入りそうな声が
あの朝の同胞を
白い布に映し出す

「父上、母上、妻よ、子よ、友よ、皆々様、
寸時の留守をお許しください」
プロペラの回転を
靖国の桜が滑らかに加速していた

シベリア帰還兵の伯父は
サバイバルグルメ
湯通ししたレタスに山葵醤油を少々
刺身のようにもぐもぐ
ラーゲリ体験を
口にしたことは一度もない
兵卒は浜の真砂なり
米俵も担げぬ小童に聞かせても
百害あって一利なし(だけでなく)
阿鼻地獄の永久封印は

帰らぬ戦友への弔いであった節がある
臨終の枕辺にかすれる喉で
呼び寄せたのは
愛犬のゴン太（拾ってきた仔犬だ）
おまえも今では星空の星、ゴン太よ
伯父さんは
あい変わらず無口かい
シベリアの実態を
ロシア人の大半は何も知らないんだってさ
ちゃんと学習してくださいと
お手紙しようか

靖国神社を訪ねた
遊就館のエントランスロビーに
蒸気機関車が一輌と

一機の零戦が
特攻は
命令ではなく
自発的な志願を募って実施された作戦と聞く
「全員、目を閉じろ！」
挙手は航空兵の自由意志とみなしてよい
（おそらくきっとそのようにして）
入念に修復した展示機体の
塗り重ねた塗料が乱反射している
蒸気機関車の傷は浅く
煙突に菊のご紋が
泰緬鉄道は国家火急の生命線だった
――皇軍は難工事をものともせず
敵があっと驚く早業で敷設を完了（史実ａ）※
――枕木と同数の屍を地に埋めた

突貫工事の屍のほとんどが
連合軍の捕虜と現地人労働者（史実ｂ）※
解説パネルの文言は
史実ａのみ
史実ｂはきれいさっぱり
意図的？
としたら靖国神社は
日本のメンタリティの代表にはなり得ない
ロシアへの
お手紙作戦が宙に浮く

一ヵ所に集められて埋葬され、小高い丘の様相を呈しているのをみた。そして日本軍降伏以後、我々はこれらの死体を掘り起こし……

（本文を大幅に割愛します）

第二次世界大戦時以降有名になっている「死の鉄道とクワイ河の鉄橋」の土地を訪問しておられるので、貴殿はこれらの観光客のなかでの特別な幸運者です。戦時中、多くの人間が死亡してしまったことを思い出せる場所であるが、今の死の鉄道とクワイ河の鉄橋がカンチャナブリ県の中心地になってきました。
この地の鉄道の旅は国家の歴史的な悲しみの…。……。……世界がこのように平和であることを望んでいます。※
タイ王国カンチャナブリ県知事
タイ国有鉄道公社総裁
タイ観光公社総裁
三者お墨付きのCertificate of Pride
「ご自慢の証明書」の全文を
掘り起こしの地へ
老齢に鞭打ち

追悼の旅を敢行した学徒出陣の学徒は
自著に引用しておられる

「なぜそんなに長いあいだ
秘密にしておいたの?」
と、リリーがいった。
「ひどいことをしたもんだと、
涙もろい連中が騒がないようにするためさ」
ビリー・ピルグリムの口からはじめて
理性的な言葉がもれたのは、
そのときだった。
「わたしはそこにいた」と、彼はいった。※※

YASUKUNI は
JAPAN ツアーの周遊ポイントのひとつ

インバウンドが三々五々露店に集い
土産物を物色している
拝殿に進み出て十字を切り
黙禱を捧げる
白人のバッグパッカーカップルを見かけた
もうひとり
頰髭が見事な老爺が
(民族衣装はおそらく礼装)
二礼二拍一礼
神道式の拝礼をそして
独特の作法で長い祈りを重ねている
靖国神社は
やはり聖地なのだ
霊璽簿奉安殿の
裏手へまわってみる

湧き水と黒砂利のささやかな水域があり
二匹の亀がのそりのそのそ
鶴は千年亀は萬年
ご夫婦ですか

維新に散った人たち（官軍側だけだが）
を顕彰する東京招魂社が
靖国神社の起源である
参道正面に屹立する銅像は大村益次郎だ
左手の双眼鏡は
招魂の地を選定した重責の象徴らしい
この志士も明治が明けてほどなく
凶刃に倒れたんだよな
羽織袴に二本差し格式高い正装姿の足許は
雪駄履きと推測するものの

聳える台座の天辺にあって視認できない
坂本龍馬の
例の肖像写真が脳裏をよぎる
雪駄ではなく
洋靴履き
羽織袴（よれよれ）に
帯刀（しょぼいのが一本）
懐の右手にはピストル（との説も）
世の常識を虚仮にしたパフォーマンス正装は
払暁の坂道の彼岸花であり
日本を洗濯するぞと東奔西走した獅子が
意図せずして残した
遺書とも読める

気掛かりの

例の件を新聞社に問い合わせた
お時間を頂きますとのお返事

二〇〇一年、八月一三日、モーニング
二〇〇二年、四月二一日、モーニング
二〇〇三年、一月一四日、モーニング
二〇〇四年、一月一日、紋付に袴
二〇〇五年、一〇月一七日、平服
二〇〇六年、八月
一五日、モーニング

※　谷津弘著
「戦場にかける橋　泰緬鉄道をゆく―六〇年ぶりの再訪の旅―」朝文社。
※※カート・ヴォネガット・ジュニア著
「スローターハウス5」伊藤典夫訳、ハヤカワ文庫二二七頁。

■緊急追加

二度目の靖国神社。目的は言うまでもなくあの二匹の亀を表敬訪問すること。しかし湧き水も黒砂利の水域も見つからなかった。狼狽する。脂汗が吹き出る。記憶は幻か。十年ちかい歳月が過ぎている。

天を突く柵（以前はなかった、でも見苦しいとは感じなかった）に沿って歩く。これも時代の現場だ。霊璽簿奉安殿への接近はもう出来なくなっていたと気付いたのは、帰路の新幹線の車中だった。

国境

——杉原千畝を尋ねて、その一

国語辞典を開き
同音意義語が一組もない見開きに出くわすと
うれしいようなさびしいようなような
石
医師
意志
意思

異志
遺子
遺志
遺址
頤使
縊死
遺屍
同音語の氾濫は
音節文字言語の宿命だ

ついでながら漢字の場合
小学校
小太鼓
小さい
小川

小夜
小天也《いざや》（人名）
読みの無節操は
国民的ストレスの元凶でありつつ
漢字仮名混じりの日々は
無意識の豊かさに充ちている
「かいそうおんれい」と印字した
会葬御礼を見たことがない
「きぼう」と平仮名で
命名された微小な星が
宇宙へと旅立って行った

子音と母音が一体化した仮名は
音節文字
子音と母音が別々のアルファベットは

音素文字
ユダヤ系米国人歴史学者
ヒレル・レビンは
音素文字の迷宮に迷い込み
r と *l* のいくつかを差し替えてみる作業を
あれれそれじゃ
日本語のラ行じゃないですか
（もとい、
仮名文字言語の妄言です）
試行錯誤は果実した
北半球ではなく
オーストラリア大陸の人工の水辺に
杉原千畝《ちうね》の最初の妻
Klaudia Apollonov を
九十歳オーバーの

瀕死の白鳥を探し当てる
強引なまでのインタビュー実施は
一次史料を重視する学者の執念であり
野心も絡んでいたようだ

海に囲まれ
神風が吹く瑞穂の国に
国境《くにざかい》はあれど国境はなし
天皇が神の座を降り
ニンゲンの床面へ
暦の全てが神無月になっても
掲げる国旗に変わりはなく
海外旅行、○
海内旅行、×
国外旅行、△

国内旅行、○
日の丸の遺伝子には
徒歩で国境を跨ぐ蛋白が欠落している
レビンは寿司を食したことがあるのだろうか
あるのではないか
握り飯を弁当にしたことは
ないのではないか

近衛文麿内閣五相会議（1938年）
「我が国は猶太《ユダヤ》人を差別することなく……」
握り飯はしかし
国際的糧食としての認知を得られず
黄禍！
成り上がり！
日露戦役の煤がやおら再び

最前線のリトアニアに赴任した外交官は
八面六臂スパイ顔負けの
諜報活動に明け暮れる
チ、ウ、ネが発音しにくいのならば
セ、ン、ポでもOKですよ
ユダヤ人の子供たちと仲良くなったのも
任務の
一環だった
硝煙の日々は過ぎ去り
本邦外務省（1947〜1968）の応答記録
「センポ杉原なる人物は当方の名簿には……」
漢検不合格者の国営合宿房？
握り飯中毒患者の隔離病棟？
問い合わせて来た人物が
あの子供たちであるのは言を俟たない

The old pond
A frog jumps in
The sound of water
古池や　蛙飛び込む　水の音
俳句が国境を越えたのは、いつ？
人道博愛主義を貫いた外交官スギハラ――
英断を下した最後の武士スギハラ――

教会の入口のアーチの上部に
不自然なへこみが
「弾痕ですよ」
「修復しないのですか」
「何のために？
忘れないよう残してあるのです」
不意を突かれた

石の文化
木の文化
(あるんだよなやっぱり)
網膜が覚醒し公共建造物博物館等の外壁にも
戦争の痕跡を見つける
だがベルリンの壁は
別次元だ
破壊しなければ
このまま保存したのでは
確保できない未来時間がある
壁の起点となったベルリンのシンボル
ブランデンブルク門を
ウンター・デン・リンデンへ抜けてみた
パスポートなしでは昨日までは
決死行だった百歩ほどの移動

菩提樹《リンデン》の並木がすぐそこに
「母を訪ねて三千里」
（ＴＶの連続アニメ楽しかったな）
少年が一人で
イタリアを船出し
南米大陸を彷徨う感涙冒険譚の時代背景は
一九世紀も暮れるころ
マルコが
パスポートを取り出す場面の記憶がない
国境は堅固な砦であり
絹のカーテンでもあったのだろう

アウシュビッツ、ビルケナウ
殺人ではなく
ニンゲン抹消が目的ならば

ガス室よりも小脳に針を打つ方が
コスパがよいのではないか
小脳作戦がもし……
（歴史にもしはあり得ないにしても）
仰臥する病院のベッドで白昼夢にふける
カナリアの「る」
籠の鳥が
わが掌に飛び乗り
ついに籠からの脱出を果たした
革命的展開、しかし
家族に迎えてすでに十数年
カナリアの平均寿命は如何ほどかしら
持ち歌を忘れた歌い手は
狂詩曲を一声二声ときに喧しいまでに延々と
亡父の戒名をパクった

慈厳院直道栄観居士
喧噪院鳥瞰留《る》情居士
軒下に眠っている

二〇〇六年九月七日（地元紙に号外はなく）
朝刊の特大ゴチックの見出しが
国家的重大事を告げる

四十一年ぶりの慶賀

宮家に
男児が誕生

――万世一系
――女性天皇はＯＫ
――女系天皇はＮＯ
現行の皇室典範の公布は一九四七年
日本国憲法施行と同年
売春禁止法が俎上に載ったのも
この年であった（味噌糞の気配は濃厚）
Occupied Japan 占領下
国破れて
山河あり

一九四〇年リトアニアの夏
首府カウナスはいよいよ氷点下へと
最後の武士は極太万年筆のキャップを外し
ユダヤ人に

国土なき流浪の民に
日本国の通過査証《ビザ》を乱発した

ハ行

——杉原千畝を尋ねて、その二

ドンブリバチウイタウイタ
ステテコシャンシャン
丼鉢が浮いたよ
すててこ（男性の下半身用準下着）が
しゃんしゃん
意味不明！
意味不明が三味の音を伴って重い扉を
開けたり

閉じたり

すててこが季節を問わぬ衣料とはこれいかに
ユダヤ系米国人ヒレル・レビンは
歴史にかかわる一員として
腑に落ちない
丼鉢はいかにして
浮遊するのか
不思議の国へ旅に出る

熱燗を一本（ほろ酔い気分に）
二本（調子が出てくる）
三本目（いま何時？）
なるほど
日本酒は美貌のワインだ

夜が淀み
昼が流れ
岐阜県加茂郡八百津町の丘の
エルサレムのヤドバシェムの
千畝《ちうね》の端正な水茎がその濃さを増す

一国の宰相が
愛妾宅で腹上死したとする――
一介の外交官が
独自の裁量で査証《ビザ》を大量発給したとする――
あり得ない話がどちらかは
断るまでもなく
「日本政府の毅然たる意志に相違ない」
逆さ卍の早とちりは
一介の、

の決断がいかに
常軌を逸していたかを物語って余りある
東京オリンピック（１９６４年）は
新生日本のお披露目の儀式
大掃除の総仕上げだった
細心を尽くしても
どこからか豆が転がり出るのが
掃除というもの
１９６８年にダビデの星鳩が啄ばんだ豆粒を
湯にひたすとうっすら
Chiune Sugihara の文字が読みとれる

一つ、十分な旅費を持ち合わせている事。
一つ、目的地の入国許可がある事。
以上の二項の条件を満たさない者に

我が国の通過査証を発給してはならない――
一、旅費について、
ユダヤ機関が請け負っている。
一、入国許可について、
オランダ領キュラソー島
税関がないので入国許可は不要。
依って査証は有効である――
「違法の裏をかく合法」
「善意の陰謀」
訓令違反ではなかったと承っている。
訓令違反でした。
１９８１年に至っても
丼鉢は浮いたり沈んだり
歴史学者の疑問№１

杉原ビザは
物証として値千金
人道博愛主義を否定できる邪法はない
日本政府はなにゆえ
切り札を放棄したのか
天皇制の護持に不都合が？
ばかばかしい
エンペラーではなくすててこが問題なのだ
疑問№2
空き部屋はあった
にもかかわらず
千畝を裏木戸から追い払った根拠とは？
血糖値が低下し目がかすむ
日本酒をぐびりひと呑み
就寝の枕元に

——恥の文化JAPAN
「菊と刀」の一書があった（蓋然性は高い）
ユダヤ機関から闇のルートで……
世の常として……
money or a woman
レビンは後者と踏んだ

映画やドラマを輸出するとき
蟬の声や虫の集きは
消音処理するのだそうだ
せっかくの演出効果音も文化圏《ところ》変われば
耳障りに過ぎない
地中海に面した丘陵のオリーブ畑に
蟬時雨が降り注いでいる
捕獲してみた

透明な翅ボディ模様サイズまでが
春蟬と瓜二つであるのに驚く
ローマの
市内観光をしていて
迷い込んだ路地は袋小路のどん詰まり
番犬が蝟集し空気が尖る
肚の底から吠えるしかなく
「ざけんじゃねぇ！」
日本語の特徴は高低アクセント
ダダダダダ
機関銃的なリズムは
威嚇射撃として効果抜群
異国で喧嘩をするなら日本語に限るとは
旅後の勲章だ
ロシアの狼とロシア語で渡り合い

森の利権交渉に勝利したヤマトの鷹が
ロシアの姫と恋に落ちる

神宮外苑はあいにくの小雨模様
父様、
母様、
行って参ります。
三万の学徒が整然と行進していく
徴兵年齢は二十歳
(十七歳だよ)
(あの頃は二十歳だったのさ)
見送る十万個の目玉は
宇宙晴れを確信する
出征は一身の誉れ
お国のためには命をも捧げるべし

だが死んではならぬ
矛盾はない
凜々しい軍帽にも
傘を差さない銃後にも

針供養は
伝統行事そして時節の風物詩だ
マスコミが毎年ニュースに取り上げている
生活の裏方である針
その貢献と寿命を供養する習わしと
国家が戦争遂行に消費した
人命に手向ける哀惜と
祈りの根っこは一つのはずだが
繁る枝葉が異なるのはなぜなのか
徒死《いぬじに》研究グループが今年も

疑念の拳を突き上げる
ニュース速報が飛び込んできた
和食、
世界遺産に認定。
祖母伝来の
里芋の煮っころがし等々は対象外とか
（それでよいのだ）

能ある鷹を
国家は最後まで使役した
千畝が帰朝したのは終戦二年後の春
外交官としては異常に遅い
丹前を羽織り
座蒲団にどっかと尻餅胡坐を
朝はやっぱり味噌汁だな

珈琲、紅茶、ミルク、オレンジジュース
任地の汁物メニューが気化していく
オレンジの果肉に
ありつくには
ナイフが必要だった
温州蜜柑の皮をずぶずぶと
ほぐす指先が
祖国をまさぐる

「苦慮の揚げ句、私はついに
人道主義
博愛精神第一という結論を得ました。
そして妻の同意を得て、※
職に忠実にこれを実行したのです。」
一万字に迫る手記は

日本政府への訣別宣言に他なく
切腹を覚悟で一肌脱いでみたまでさ――
臓腑《はらわた》の血潮を
言葉にぶつけようとしてペンが止まる
千畝の誕生日は一九〇〇年一月一日
一九世紀終焉の
元日の太陽を産湯に
二〇世紀の塵埃を
異邦の巷で呼吸した武士は
祖国の荘厳さと脆弱さの狭間を生きてきた
「切腹」
「一肌脱ぐ」
馴れ合いの語彙の封印は
未来への付託ではなかったか

一本［イッポン］
二本［ニホン］
三本［サンボン］
ハ行の清音濁音半濁音

ハ
バ
パ

清音と濁音は
声帯が振動しないかするかの違い
その他の調音器官の活動は全て共通であると
音声学は定義している
清音の子音［h］は
唇を開いて発音する声門摩擦音
濁音半濁音の［b］［p］は
唇を閉じて発音する両唇破裂音

であるからには
ハ行と
バ・パ行に
音声学上の関連性は何もないことに
でもハ・バ・パはあくまでハ行だ
日本語は妖怪の言語ではない
科学の
未開拓分野である

リトアニアの当時の首府カウナス
バイツガント通り三〇番地
閑静な住宅街の三階建ての民家の半地階から
二階までを日本領事館は間借りしていた
半世紀が過ぎた今日も外観は
往時の写真そのまま

（鳥肌が立つ）
殺到するユダヤ人の叫びを領事は
執務室の窓越しにどう聴いていたのだろう
ＮＯ！
本国の許可が下りない
そう突っぱねても
職務に瑕疵はなかったはず
（窓を覗く千畝の背骨に触れたい）
一階の
窓際だけでいいんです
入室をお許しいただけませんか
ざばあ〜
薬缶《ケトル》の熱湯をぶち撒け
熱烈歓迎をしてくれたのは雪色の髪の老婦人
イエドビーガ・ウルビダーテさん

アポなしの訪問
さらにはプライバシー侵害
欠礼と蛮行へのご挨拶だ

「幸せと不幸は同じ量になるのです。
いま不幸でも
必ず幸せがきますよ。」
領事はそっと
お下げ髪を撫でてくれたわ
巨きくて羽根枕より柔らかな手のひらだった
童女が
薬缶の蓋を捜している

※「妻」とは生涯を共にした幸子夫人です。

■参考にした図書

「孤立する大国ニッポン」ゲルハルト・ダンプマン著
　ＴＢＳブリタニカ　一九八一年
「六千人の命のビザ」杉原幸子著、朝日ソノラマ　一九九〇年
「自由への逃走」中日新聞社会部著、東京新聞出版局　一九九五年
「決断・命のビザ」渡辺勝正編著、大正出版　一九九六年
「千畝」ヒレル・レビン著、諏訪澄／篠輝久翻訳監修
　清水書院　一九九八年
「杉原千畝と日本の外務省」杉原誠四郎著、大正出版　一九九九年
「杉原千畝の悲劇・クレムリン文書は語る」渡辺勝正著
　大正出版　二〇〇六年

貴人の歴史

プライドが
高くなければ
高く保てなくては
神殿娼婦はつとまらない
死者ではなく
生者を弔うのですから

岩石土漠の丘に登り

サタンとの決闘を控えた聖者が断食に挑む
生存のための蜜は
採取するか
購入するのが基本です
さらなるむかし
林野で
結跏趺坐して思惟を深める行者がいた
聖とは
清貧
托鉢が原則
労働は悪徳を促しかねない

心臓のお薬との併用は避けてください——
服用説明書が
警告を発している

「あのぅ、じつは…」
「大丈夫ですよ」
医療がまだ
呪術の天幕にまどろんでいたころ
人の素肌に商品価値が付着し
史上おそらく初の
ビジネスモデルが誕生した
時を同じくして堕落という香草の芽吹きも
臍に胡麻がある人は挙手されよ
いじくってはなりませぬ
おや、
隠している方々がいるようですな
神は厳罰をお下しになりますぞ
神官は説法に
言葉の限界を感じつつそれでも説法を

神殿に集うからには
沐浴をお忘れなく

かの大戦末期
ノルマンディ上陸作戦をきっかけに
地図の色彩が移ろった
ドレスデン――十三万五千人
東京――八万三千七百九十三人
広島――七万一千三百七十九人
「兵器が強力になるほど
死者の数は減少に転ずる傾向があります」
で、
ポルポト政権――三百万人
一九七〇年代後半
ルワンダ内戦――百八十万人

一九九〇年代前半
人間が行う殺戮行為には
傾向もへったくれもないようだ
戦争に兵站は不可欠
とりわけ緑黄野菜の補給は望まれるところ
ピーマン激安　本日特売！
昨日はいくらだった？
明日は？
ドレスデン、トーキョー、ヒロシマ
ポルポト、ルワンダ、ピーマン

地球が動いているって本当ですか
自転し公転もしている
太陽が東から昇り
西に沈むのは

この地球が自転しているから
毎日三六〇度回転しているのさ
公転って？
日本には四季があるだろ
一年かけて太陽を一周する絵日記なんだ
（回転しながら回転）
くらくらする
表面張力で縁が盛りあがるまで
コップに水を注いでみた
こぼれない
地球は静止しているんじゃないのですか
回転は静止なのだよ
お隣のひとり娘リコちゃんの
挨拶はぎこちなく

お辞儀と一緒に合掌を
(こちらすでに老人だけど早すぎる!)
今朝、お友だちにも
同様の仕種をするのを目撃した
生来の巫女?
家庭教育?
この春小学校に入学する

お墓なんて無用の長物だよな
暴論だわ
人間を人間にしているのは
お墓じゃないですか
脱帽
持論を撤回
墓所を造営する野生動物はいないだろう

墓地関連の株価がこのところ
急騰しているらしく
郵便受けに連日（ではないにしても）
荘厳美麗なパンフが次々と
霊園、墓苑、浄苑、メモリアルファーム etc.
地上と冥界の交信基地
結界でもある未来イラストのどれもが
メガロポリスの空撮映像に重なり
目薬を購入した
持論撤回に条件をひとつ――
お墓は
土饅頭が理想的だ

No Israelite man or woman
is to become a shrine prostitute. ※

「イスラエルの女子は
神殿娼婦となってはならない。
またイスラエルの男子は
神殿男娼となってはならない。」※
英文一文が
邦訳で二文になっているのはprostitute
この単語が通性名詞だから
それ以外の理由は見つけにくい
淫欲の峡谷の
制度としての禁止は
クサい物にはフタ精神が支配している
野生動物にも多様な欲望があり
禁忌がないはずはなく
でも谷は明るい

乱痴気パーティが跳ねたのは真夜中丑三つ時
超高層ビルの
工事が始まったばかりの更地で
黙々と労働する老若男女の一群に出逢った
お疲れさま
こんな夜更けに何を
蓮華草の種播きですよ

※旧約聖書「申命記」第２３章１７節より
英文：The Zondervan Corporation　1998
邦文：日本聖書教会　1955

夜明け

鈴木敦子氏の木版画作品［夜明け］の前に立ちながら

路面電車の複線の軌道が彼方から此方へ
遠近法と
質朴な具象が
遠い記憶をよび覚ます
静寂無風のひととき
かすかな響きは
成層圏からの通信だろうか
帽子

隠れていた仔猫
放置自転車
見えているものは見えなくなるもの
あと半時間もすれば
今日の初電が
ラッパを鳴らしてやって来る

ハロルド・ロイドの喜劇映画は
一家心中の実況中継だった
朝靄にけむる街区に人通りはなく
尾羽打ち枯らした夫婦が
姫姫太郎をはっしと抱きしめ眼を閉じて
最後の祈りを
粗大ゴミと化した五人家族が
線路に立ちふさがり

処分を待っている
（太郎の年端はぼくとほぼ同じだ）
背後から電車が
あ、あああ
南無三！
爆笑、拍手、すすり泣き
殺人鬼はするりと隣の軌道へ
客席で失禁する太郎に黙示が下った
路面電車は絶対に
複線でなければ

福井は
世界の豪雪地帯の
南限に位置するのだそうだ
初雪の朝は雪が匂う

洗い晒しの麻布が
玄武を清め
天冬皇女《ふゆひめ》が一糸まとわぬ姿でご降臨あそばし
室内にも雪は
しんしんと降り積もる
北限の神の
南進航路の露払い
屁をひるのがご公務とあれば
エロスは騒がず
目覚めて
窓外の化粧に目をこする

オランダ絵画の黄金期一七世紀中葉に
デルフトに生まれ
デルフトに没した画家

ヨハネス・フェルメールは
子沢山だった（十一人とも一ダースとも）
未成人のジュニア八名を遺し
四十三才の若さで天に召されている
一果の林檎を前に
無神論者は
存在の記号化にいそしむ
信仰心篤い人は美味しくいただく
脱糞の刹那
人は誰しも詩人になる
慢性便秘が宿痾である画家は
カメラ術の勃興に完璧理想の排泄を垣間見た
（たとえ悪魔の誘惑であろうと……）
「牛乳を注ぐ女」
「アトリエ」

「恋文」
肉眼のカメラ化に日々を注ぐ
アムステルダムの路面電車《トラム》は絶対に複線
妄想的中、
ってこともあるんだな
三世代の車輛が駆け巡っている
設計デザインの
大胆かつ斬新な変更により
識別は一瞥で十分
ところが正面運転席の外観は
三世代そろいもそろって鼠顔なのだ
アムスの鼠！
（あっはっはお見事）
呵々大笑数秒、いや待てよ

笑い事でないぞこれは
意図するだけでは不可能な造形である
大航海時代の船倉の
悪党であった鼠が時代を経て
首都アムステルダムの守護霊に（妄想仮説）

現存するフェルメールの
風景画は二点しかなく
その一点「デルフトの眺望」
頭上に暗雲がでも白い雲と水色の空も
人かげは画面手前の
波止場に数人のみ（船待ち人？）
早朝であろう
入り江の向こう側では
中世都市の威容と充実が覚醒しつつある

この波止場の
どの辺にイーゼルを立てたのかしら
とぼとぼ歩いてみた
ここ、少し違う
ここ、も
ここ、は
複数の方角から一斉に
フェルメールが聞いていた
教会の鐘が溢れ出す

デルフトに来て
デルフトにトラムがないことを知った

レクイエム・二編

i　福井豪雨——松崎紀美代さんへ

福井市街の中心部で
チグリスの左岸が決壊、二日後
右岸の住人が
馬に跨り

左岸を通り抜ける
平城《ひらじろ》の城下はすでに天日に乾いていて
埃っぽく
うず高く積み上げられた
災害ゴミの隣に
一張りのテントが
公園の向こうにも別のテントが
ボランティアだ
全国から馳せ参じた善意の出城は
目にしただけでも三、四…
(有難い)
「神戸 1995」は
大型テントの劇場を立ち上げミュージカル
「亀の恩返し」の上演を準備中
いま、ここで、なにゆえ

ミュージカルを？
現地スタッフ募集との張り紙が目に飛び込む
（そうだったのか、経験の叡智）
すぐにも応募すべきは、
でも馬を進める

ＪＲ越美北線のチグリス第二鉄橋が
橋脚もろとも消え失せ
ゴキブリの
鉄の触角が川面へ数メートル
荒れ狂った気象の
爪痕は川沿いの水田にもなまなましく
一筋の曲線が
七月の緑の絨毯を二分している
実る稲と

実りを剝奪された稲と
（不条理を図像化したらこうなる？）
葉先が触れ合っているのがやり切れない
静まりかえった真昼
流木、岩石、粘質の泥に
馬は立ち往生した

一乗谷はチグリスの支流の山里にある
電話回線の復旧を待つこと一昼夜
鐘美さん（電話恐怖症末期患者）
の応答であれば
通話は即刻遮断するつもり
ハイ、マツザキデスガ
紀美代さんのいつもの声に胸をなで下ろす
「食事はちゃんと摂れていますか」

「お陰様でなんとか」
「水道は？」
「今日もまだ濁っているんですけど
飲料水のペットボトルを三箱
市長さんから届けてもらいましたので…」
市長さん？
御大名の唐突なお出ましは
非常事態の余話なのか

松崎美術館の開館予定日が迫ってきた
仕上げの一仕事は百仕事
夫妻は共に血液型がA
眠りながら目覚め
目覚めながら眠り
瞑想、迷走、そして目覚め

自由販売コーナーに
天才作家のサムホールが二点
(一点は上下が逆さま)
「サインの位置を見てくださいよ」
不服の科白に
慰労と謝意を込めた
私設美術館開設の機軸は
地域密着型のアート空間を創出すること
常設展示に隣接し
地元の美形と
来館者のお見合いを促進する応接間
自由販売コーナーは目玉である
公的助成を受ける美術館が
画廊になってはならない
展示作品の販売は営利の追求なり――

持ち出しだよ
営利が目的なら
誰がこんな面倒をするものか――
お役所との暗闘に
市長さんの謎がほぐれる

光の竪穴に座し
蕎麦を（汁《つゆ》は紀美代さんのお手製）
ご馳走になっていた
美術館になる建物の天井は高く開口部も広い
日中の照明は不要みたいですね
自然採光は理想としても
作品の劣化をどう防ぐかが頭痛なんだ
谷崎の「陰翳礼賛」
あれは便所の話だったっけ

いや便所限定ではありません
かいがいしく二の盆が運ばれてくる
蕎麦と冷酒の
相性は抜群
天井を仰ぎながら館長が
「紀美代もとうとうこんなになっちまった」
きびきびした所作に爆笑冗談
いつも通りの館長夫人に
異変があるとすれば
戸籍が移っていること
妖精たちの素肌にゴーギャンが
黄土色を捧げて祝福したタヒチ島へ

紀美代はきっと
皆様にこう伝えたかったと思います。

「私、昨年十一月より入退院を繰り返し、
持病の肝臓病も肝硬変といわれましたが、
気を持ち直し一生懸命生きてきた心算です。
しかし平成十六年八月二十六日午前二時二分
旅立つことになりました。
今迄の皆様への私の気儘を
お許しいただいたご厚情
心より有難く思っております。
皆様の益々のご繁栄をお祈りします。
死んでもこの一乗谷からは出ません。
若くして途中で死ぬ身をお許し下さい。
最後まで酒はおいしかった。
オジンとトウチャンのところで酒盛りします。
有難うございました。
本当に有難うございました。」※

葬儀に参列出来なかった
なんで見送ってやってくれないんだよ
怒りの電話が
電話恐怖症から直々に

白布に覆われた舟が
光の竪穴の中央に係留してあり
その舳先に
二体のオブジェが点、点と
鯨のミニチュア?
(渡海の日和を祈禱する自作の護符なのか)
携帯電話だった
夫婦専用のホットライン
手に取ると

新品の香りがいまも
「隠れ酒をしているのは気付いていたけど
やめろと言えなくてさ
楽しみを殺してまで
生き続ける意味はないしね」
宇宙的純粋
地上的残酷
天秤が揺れる
スローモーションで揺れている

鯨からマリアナへ、鯨からマリアナへ
紀美代さん
お変わりありませんか

キミヨー、俺だ

聞こえるか

※第六連は会葬御礼の全文を引用しました。

ii MUCHA——松崎鐘美さんへ

奥さんに先立たれて
一年とちょっと

はひふ
腑抜けになっちまったんじゃないですか
自然死は警察沙汰にはならない
だが自死ではないかとぼくは疑って
いや決め付けている

＊

ＭＵＣＨＡのローマ字読みは［ムチャ］
フランス語では
［ミュシャ］になるとか
ミュシャとの最初の出会いは
銀座の画廊だった
物憂げな瞳を
蔦の窓辺に燈して頬杖をつく乙女に

童貞は勃起する
「いかがでしょう。おひとつご購入されてはアールヌーボーを代表する……」
一、十、百、千、万
ンマン！
そんな高価なものを買えるわけがない
（じゃ、盗む？）
あわあわと棒が萎えていく

戯曲「ジスモンダ」
主演サラ・ベルナール、ルネッサンス座公演
宣伝告知のポスターを至急
成り行きのどたばたがこの大任を
ミュシャのもとへ
74・2cm×216cm石版刷り

一八九五年の新年の
パリの街頭を旋風が吹き抜け
無名の画家が
寵児の階段を昇り始める

W氏は銅版画家
ビュランの求道者だ
ポーランドで個展を開催し
メディアの喝采を博して凱旋した
あげないよ売らないよ見せるだけだよ
自分への土産だからね
いつになく脇が固い
旅の頭陀袋から滑り出たのは
MUCHAの石版画小品四点一組
銀座が曇る

（レプリカだったのか）
ならば
レプリカ《偽物》とオリジナル《本物》との違いは那辺に？
アテネの洞窟画廊を想い出す
Ａ４判の鉛筆素描それも
サイン無しに
夢遊病者のごとく歩み寄ったＷ氏は
マティス！
低く叫び
なけなしの路銀で談判を
（ぼくは隣にいた）
季節は移り
鑑定の結果が
ＭＡＴＩＳＳＥの実作に間違いなし——
ン百万円になるぞ、世俗旅人

マティスはマティスなんだ、銅版画家
季節が駆け足になる
佳人薄命（辞書にある暗喩）
炯眼短命（辞書にない現実）
無念、合掌

本物も偽物も
作品であることに変わりはない（本気かよ）
松崎鐘美。
通称ムチャクチャのカネミの
目下の関心事は
十六匹の居着きの猫を
いかに教育すれば野良に戻せるか
悩める画家に
油彩画を習いたくなった

絵を習う？
愚の骨頂だぜ、よしな
的を射た忠告をしてくれたのは竹馬の友だ
でも習うことにした
今年の独立展の
会場を観て来たんだけど
俺の百二十号の隣に
赤と群青二色だけ狂気の百号があってさ
キャプションを確認するまで
まさかあいつの作品とは
涙が止まらなくなった
作風は画家にとって命に等しい
どんな不幸に見舞われたんだろうね
地獄に落ちても
絵筆を握る

作風なんかお構いなしのあいつは
絵描きの中の絵描き
本物の画家だ
無茶苦茶の茶の濃さよ

プラハ報告No.1

すれ違う何人に尋ねただろう
ミュシャ美術館を探して
午前中が消えて行く
ALPHONSE　MUCHA
MUCHAの発音はチェック語では
「ミュシャ」「ムチャ」
いずれでもなく
「ムハ」
復路はたったの十数分

最近のガイドブックを開くと
ムハ美術館と改訂してある
プラハ旧市街の
磨り減った石畳を
発音迷子は懐かしむ

プラハ報告No.2

「スラヴ叙事詩」シリーズ
晩年に至る総決算は
画面サイスが桁外れ（多分理由の一つ）
この美術館に展示はなかったがその代わり
油絵、パステル画、デッサン、走り書きetc.
若き日々の挑戦の数々が
画家の来し方の
ＣＴスキャンを可能にしている

満八十歳まであと十日
長寿を生きた寵児は
星霜を重ねるほど
軸足をスラヴの産土へ移し
大戦の靴音にも絵筆を握り続けて対峙した
画布を
墓標としたに相違ない

*

アルフォンスの孫
ミュシャ財団理事長ジョンが
サラ夫人を同伴して福井へ
ビジネスの旅程に穴が空いたのだとか
御案内役《アテンダント》を仰せつかった

ご夫妻は日本文化に造詣が深いので
そのところよしなに
(まいったな)
福井生まれ福井育ちの昼行燈は
福井を知らない
さて、どこへ、なにを
思いつき苦しまぎれの提案をする
夢と波を一文字ずつ
「夢《ム》波《ハ》」と
色紙に揮毫してみるのはいかがですか
サラの瞳がきらりと輝く
一方
ジョンの拒絶反応が半端ない
全身が表情筋と化し無言氷結冷凍人間に
(書道体験はたくさんこりごり?)

理事長はそれでも
奥様ファーストの紳士だった

「ミュシャ展」グランドオープニングは
翌年東京都美術館にて
来賓高円宮妃を
エスコートしていたジョンが
耳打ちを
例の色紙は額装して
ロンドンのオフィスに掛けてあるよ
(マジですか、 いやはやそれは)
福井へは必ずもう一度
Kanemi Matsuzaki を紹介してほしいんだ
サラもしきりに頷く
一服の茶を

ご所望であるのは明々白々
無責任だよ鐘美さん
あなた自身のお点前でなくては
無茶の茶は日本史的破廉恥だ

後記

詩が書けなくなった。書くのがいやになった。よいではないか、他人様に迷惑をかけるわけじゃなし。そう居直って四半世紀が過ぎていった。机の抽斗では書き散らかした紙片が変色している。処分の仕方は二通り。燃えるゴミに出す。整理してみる。

受験生に受験英語を教えるのがぼくの生業だ。生徒たちが英語嫌いになる要因のひとつに、発音がある。カタカナ英語から出発すればいいんだよ。本音だが、入学試験のペーパーテスト対策としては最悪。得点力に結びつかない。（受験生に何を要求しているのか）出題者の見識を疑いたくなるような愚、奇、珍問がときおり。国家試験も例外ではなく、大学入センターにお手紙をして往復三度の遣り取りを、バトルをしたことがある。
日本人が、無理なく、英語音声をマスターするための処方箋、発音ハンドブックを作成できないものか。

英語音声をいかに詳細に解説したところで、英語の個性と日本語の特質を比較対照し、妥協点を提示しないことには、ハンドブックとしては片手落ちになる。日本語音声学に首を突っ込み、落ち込んだ。新鮮な発見の連続つまり知らないことだらけ。

日本語も英語も意志伝達の手段に変わりはない。当然の一事をあらためて確認。この当然を大切にするなら、発音は言語の内臓筋として柔軟な存在になり、英語学習のプロセス全体も活性化するのではないか。悪質な設問は堂々と間違えればいいんだよ——生徒たちの眼差しに殺気が走る。

リスニングテストが導入されたのは二〇〇六年。二〇二一年以降は配点の５０％を占める出題項目になり、従来の発音問題は国家試験から姿を消した。受験生にとっての無用な負荷がこれで解消するのかどうか、今後をウオッチングしなければならない。


抽斗の紙片を整理することにした。詩集を編みたくなったのだ。タイトルを「日本語音声楽」としようか。滑り出しは順調。だがよくある話。呆れるほど大量の時間があっという間に過ぎていく。焦りは禁物、生徒たちへの助言を自らにも。

コロナ禍に怯え、ウクライナに戦慄する。携帯《スマホ》を所持しない生活をすることは、個人の選択を超え、思想的な根拠を要する段階へ突入しているようだ（ぼくに思想はない）。歴史は繰り返す。かつてラジオが、テレビが、次いでインタネットが戦争の在り方を変え、市民生活に浸透していった。昨今ではスマホが地上のあらゆる局面と密接している。

コロナが第5類扱いになった。ウクライナの報道が一時ほど目立たなくなり日常の片隅へと。そして中近東では、厄介な火種がまたしても黒い雲を噴き上げ始め……

詩に背を向けていた四半世紀の間に、現代詩というジャンルを未曾有の寒波が襲っていたと知る。古ぼけた素材にまみれた詩篇を若い読者（いると信じる）は受け止めてくれるだろうか。

ハンドブックはこれからである。

二〇二三年一〇月　　　　藤田榮史郎

藤田榮史郎（ふじたえいしろう）

昭和二五年（一九五〇）、福井県福井市生まれ。早稲田大学第二文学部卒業。第一詩集「朝からインドネシヤ」（一九七八）、第二詩集「今」（一九九四）がある。本書は第三詩集。

詩集　日本語音声楽《にほんごおんせいがく》

二〇二三年十二月三十一日　第一刷発行

著　　者　藤田榮史郎

発 行 者　田尻　勉

発 行 所　幻戯書房
郵便番号一〇一 - 〇〇五二
東京都千代田区神田小川町三 - 十二
電　話　〇三 - 五二八三 - 三九三四
ＦＡＸ　〇三 - 五二八三 - 三九三五
ＵＲＬ　http://www.genki-shobou.co.jp/

印刷・製本　中央精版印刷

落丁本・乱丁本はお取り替えいたします。
本書の無断複写・複製・転載を禁じます。
定価はカバーの裏側に表示してあります。

©Eishiro Fujita 2023, Printed in Japan

ISBN978-4-86488-289-7　C0092

昭和の読書　荒川洋治

文学の風土記、人国記、文学散歩の本、作家論、文学史、文学全集の名作集、小説の新書、詞華集など、昭和期の本を渉猟し、二一世紀の現在だからこそ見える「文学の景色」を現す。書き下ろし六割のエッセイ集。「昭和期を過ごした人の多くは、本の恵みを感じとっている」。　2,400円

白と黒の断想　瀧口修造

全集未収録のまま埋もれていた海外美術・写真評を初めて集成。クレー、ミロ、レジェほか18人の絵画・彫刻・版画など、アッジェ、スティーグリッツ、ストランド、モホイ=ナジほか24人の写真など、「色」という情報を削ぎ落とした地平線に見えてくる、ゆたかな「色彩」。図版103点・愛蔵版。　6,200円

終着駅は宇宙ステーション　難波田史男

1974年、32歳の若き画家は、海で逝った……。60-70年代を駈け抜け、2000点余の絵を描き夭逝した、今なお愛される画家の遺稿——未公開日記、スケッチブックなど50冊を超える一次資料より、その芸術の核心に迫る。瀧口修造による追悼詩ほか図版300点超を収録した愛蔵版。川上未映子氏絶賛。　4,200円

本に語らせよ　長田 弘

あなたが受けとり、誰かに手わたす小さな真実——単行本未収録エッセーを中心に著者自ら厳選、改稿、構成した最後のメッセージ。歴史のなかには、あなたがいて、わたしがいて、誰でもない人が記した、誰のものでもある声に、じっと耳をかたむけること。このように生きた人がいたと、慎みをもって遺す言葉の奥行き。　2,900円

ロミイの代辯　寺山修司単行本未収録作品集　堀江秀史 編

who is me?　ナルシシズム、ファッショ、模倣、盗作、二重人格の問題、青春煽動業、華やかな悪夢、妬き林檎、撮るという暴力、そして、かなしみ……〈寺山修司〉とは何者か。詩歌、散文、写真。没後40年、いまなお響く、そのロマネスク。発掘資料より43+3篇。曰く、「作品は一人なのだ」。　3,800円

東京バラード、それから　谷川俊太郎

都市に住む人々の意識下には　いつまでも海と砂漠がわだかまっている——街を見ることば、街を想うまなざし。書き下ろし連作を含む、故郷・東京をモチーフにした詩と、著者自身が撮影した写真60点でつづる「東京」の半世紀。時間を一瞬止めることで、時間を超えようとする、詩人の《東京物語》。　2,200円

幻戯書房の好評既刊（税別）